图书在版编目（CIP）数据

因为有你 / 李中美著. — 北京：中国文联出版社，2019.2
 ISBN 978-7-5190-4125-0

Ⅰ．①因… Ⅱ．①李… Ⅲ．①诗集－中国－当代 Ⅳ．①I227

中国版本图书馆CIP数据核字（2019）第033808号

因为有你：李中美散文集

作　　者：李中美	
出 版 人：朱　庆	
终 审 人：朱彦玲	复审人：王　军
责任编辑：王　斐	责任校对：晨　汐
装帧设计：任杰文	责任印制：陈　晨

出版发行：中国文联出版社
地　　址：北京市朝阳区农展馆南里10号，100125
电　　话：010-85923039（咨询）85923000（编务）85923020（邮购）
传　　真：010-85923000（总编室），010-85923020（发行部）
网　　址：http://www.clapnet.cn　　http://www.claplus.cn
E‐mail：clap@clapnet.cn　　wfei03@163.com

印　　刷：三河市百福春印刷有限公司
装　　订：三河市百福春印刷有限公司
法律顾问：北京市德鸿律师事务所王振勇律师
本书如有破损、缺页、装订错误，请与本社联系调换

开　　本：880×1230　　　　1/32
字　　数：215千字　　　　 印　张：8.75
版　　次：2019年2月第1版　印　次：2019年2月第1次印刷
书　　号：ISBN 978-7-5190-4125-0
定　　价：39.00元

版权所有　翻印必究

因为有你
我便有了梦
才走得这么远
斑斓的时光中
迢遥的路途上安然于心

目录 CONTENTS

序言 1

亲/情/你/我

母亲的心事 3
父亲的身影 8
我的姥爷 13
一个回眸你已长大 18
青春是一场远行 23
印象曹老 25
质朴的洪烛 28
我的大姑姐 31
家杏 35
傻弟小满 39
彩霞出嫁 46

流/年/追/忆

匆匆那年 ... 53
看见美好的过往 ... 59
偷 梨 ... 63
丑 橘 ... 70
杨 梅 ... 74
难忘的肥婆面馆 ... 77
不省心 ... 80
因为爱 ... 85
这条路不白走 ... 90
童年证据 ... 94
还 钱 ... 98
借 书 ... 103

感/恩/生/命

缘 ... 109
生活需要打个盹儿 ... 113
唯寂寞才能遇见自己 ... 118
我养的小耗子 ... 122
脆弱的人性 ... 127
闲聊文字与读书 ... 132
爱，低到尘埃里也要开花 ... 136
笛 声 ... 140

轮 回 144
围城里的完美陌生人 153
冰水里燃起的火焰——读《无端欢喜》. 157
砸不烂的四妹子 162

风/华/秋/月

荞麦花开 169
一树花的距离 173
这样的天气 176
槐 花 180
莜面顿顿 183
与你再次相逢 186
故乡的天空 189
斋斋面花 192
香 瓜 195

旅/途/随/笔

来自八台子的召唤 201
沧桑的助马堡 204
青海湖听雨 208
光阴中诉说思念——塔尔寺 214
梦中的诗与远方——茶卡盐湖 220
守住时光的宁静寺 224

深邃的狼窝山 229
在时光中寻觅一段故事——芦家窑 233
雁门关,三千年的关隘初相见 237
慧泉禅寺 242
弘法寺遇见小沙弥 246
故事最美弥陀山 250

书评:爱的守望者 256
后记 263

序言

中美是个写作高手。

我一再地说过我的这个看法，我评价作品是否好，只有一个标准，那就是：能让读者看进去的，那就好。中美的作品我都能看进去，看后都说好。所以我说她是个写作高手。

这里必须说明的是，凡是我看不进去的作品，不能说不好。因为我说不好，不等于别人说不好。以此推论，如果读者谁也不说好的，那就一定不是好作品了。

中美还是个写作快手。

她的头一本书《因为懂你》于去年七月出版没几个月，在年底时，她就把第二本书《因为爱你》的书稿给了我，让写序言。可这第二本书的序言，好像是刚交给她不久，她这第三本书《因为有你》的书稿，就又摆在了我的案头。

当我读到《笛声》，立马有了一种清新的感觉。首先是中美的笔风有了太大的变化。以往中美的笔触也有许多细腻的地方，比如对亲人的怀念，对故乡的留恋，也都刻画得细致入微。但在用词择句上，还是乡土气息很浓的。《笛声》一开笔，对于进入地铁站那一刹那的心理叙述，突然让我从乡村空旷的黄土地上一脚踏入了都市的虚无，我有一种瞬间时空转移的感觉。或许是中美从乡村的旧梦中醒了，回归了城市生活的日常。

从《笛声》来看，中美对于叙事有着极强的把控能力，无论是氛围的营造，还是对那个吹笛姑娘前后情绪变化的描写，都是恰到好处，一步步把我带到了那个地铁站，去感受一段凄美的爱情。于是，我满脑子都是《八月桂花香》的旋律，只是歌词记得不是很清楚。

我喜欢文中的这一段：她站着吹笛子，旁边有一把软凳子，类似马扎。我想给她拍照来着，但是我又没拍，我怕姑娘不同意，又怕打破了这份宁静。呼的一阵风，列车进站了，我看着她依旧沉浸在自己的笛声里，想与她交流的机会被列车搅没了……

　　读到这里，我似乎看到了这样的一个场景：一个空旷的地铁站，一个有着都市沧桑感成熟的女子，一个漠然吹着笛子的青涩女孩，背后是一列呼啸而过的地铁，背景音乐是《八月桂花香》，此刻熟悉的旋律有些悲戚……无须再去解释，这极强的画面感像极了某个电影片段。

　　所以，我重读此文的时候，全然忘却了以前读到的那些她写的文字，感觉到了一个新的中美，已经蜕变，已经脱胎换骨。

　　好在《爱，胜过一切》又把我拽回到熟悉的中美身边，那个热爱生活，热爱一切美好事物的女子在用她的笔向我描述狗狗的世界。

　　对于养宠物，我不是很在行，但是我知道狗狗是很有灵性的动物。我也很奢望在我写作读书的时候，能有一个这样知趣的小家伙陪伴着，那必定是很温馨的一个画面。但我生性疏懒，不敢把这样可爱的小家伙抱回家里来却忘记了照顾，于是只能保持羡慕的状态。我很喜欢在文字里看到和小动物相处的情景，这样可以让我添加想象力。

　　在中美的笔下，狗狗毛姆让我着实忐忑了一番，尤其是毛姆丢失后逃亡归家的场景。我承认自己有些潸然，心情好久才平静下来。

　　我不愿再重复故事里的情节，只是把文章的结尾先与读者分享："时光如一指流沙，苍白了容颜，温润了岁月。有些爱，淡淡地泛着馨香，默默地温柔陪着，成了心中一股暖流。这个世界上，最美好的不过是，人与人，人与物的长情陪伴。且行且珍惜吧！有了爱，便胜过一切告白！"这些词语，没有生硬的编排，也没有华丽的堆砌，正如她自己所说，有的是，"温润"且"淡淡"。

　　我领略着陌生的爱情，熟悉的宠物，却在《彩霞出嫁》的过程中再次被逗乐了。这个中美呀，怎么可以这样讲述一只雌鹦鹉的故事呢？哎哟哟，"一个鸟类也会骚了吧唧"，看见帅哥就要去"啄脚上的铁链子，啄一会儿看看帅哥，再啄"，"这分明是想跟着人家私奔的节奏"。于是，主人家便要给它找个"对象"，还给它准备了"嫁妆"。没想到的是，嫁出去的女儿泼出去的水，彩霞嫁了丈夫后居然贪恋小日子把主人淡忘了，倒不如那条叫作"小不点"的狗狗。

故事虽然不长，却从这只鹦鹉身上看到了世间百态，倒也令人感慨。只是中美对生活的挖掘态度愈发地让我吃惊，写作来源于生活，这话太多，大家们都不止一次地提起。可是，挖掘生活哪有那么简单，除了有着敏锐的观察力之外，更多的是积淀。毕竟，每一种生活背后的哲理和内涵只有积淀深厚的人才能感受得到，而中美恰恰就是这样一个女子。

回想起中美的第一本书《因为懂你》，它让我认识到了中美语言的朴实和对人生的感悟。第二本书《因为爱你》让我认识到了中美对于生活的热爱和她善良淳朴的内心世界。当第三本书《因为有你》再度集结的时候，我认识到的则是中美精神世界的升华，这是她对于自身灵魂深处的再一次审视。抛却了世俗的执念，追寻内心的平静，着眼身边的美好，拈花微笑，笔下不惊不扰，取一泓清泉涤荡红尘，就此足矣！

人生如她，便是美好！

《因为懂你》《因为爱你》《因为有你》就书名来讲，我猜想作者一定是有深意的。

问过中美，果不其然。

中美说：懂你，比爱更重要。爱，不一定懂。可懂你的人，不需说太多，只一个微笑一声问候，便云淡风轻，踏实心安。懂，是世界上最温情的语言，它是岁月的一种感动，它是心灵的一种呵护，是生命的一道风景。所谓"懂你"的人，并不是指对你的个人信息了如指掌，而是当所有人都以为你快乐的时候，只有那个懂你的人，知道你笑容背后的感伤与疼痛乃至坚强。

于是中美给自己的第一本散文集取名为《因为懂你》。

《因为爱你》，从散文的名字角度去思考，就可以看出中美是个特别有情感的女人，她在用温情创作，创作主体的内在情感也始终贯穿在文字中。尤其是对故乡情有独钟的眷恋，每一处小景都留下了她的足迹，每一处小景都被她的文字温馨地记录下来，深深印在读者心里。《因为爱你》道出了中美内心深处善良纯美的个性和敏感的气质。同时，又潜伏着她对生活中一些无法洞悉和体验的状态，那种热情似乎有种欲罢不能的感觉。

生活是规范的，是受到限制的，而文学作品可以在适度范围之内，畅所欲言。中美用美好的文字，书写了情感的故事，抒发了众多人内心深处的声音。这个无法不叫人热泪盈眶，拍手叫好。

她说："因为懂得，所以珍惜，因为珍惜，所以爱你。"回到现实生活中，回到生命的存在上，回到人性本善的情怀上。

中美从父母的爱写到了朋友的情，之后又写到了故乡的味道。她娓娓道来的是一幕幕的因为懂你，因为爱你，最终把这些情感铭记在心上，幻化成文字，编辑成书《因为有你》。

有你，在心上，在脑海，在她的文字世界。一幅幅温馨的画面，不断涌现在我的眼前，中美用最深情的文字诠释着情感的魅力。也许是随笔的写作让中美的创作灵感越来越得心应手，也或许她本来就是个懂得生活，被生活爱着的女人。

让我看到了一个最有情怀的女人，在用她的美丽善良与温柔，去寻找着属于自己的独一无二的天地。

懂你，爱你，有你。

中美以这种递进的方式，以洋洋七十万言的大著，写出了散文三部曲。

那么，高手快手李中美的小说三部曲，何时奉献给读者？

我想，时日不会太遥远。

因为有你

亲情你我

母亲的心事

　　打我有了记忆起,就没觉得母亲有过什么心事。她总是热气腾腾的,就是有什么心事,没多久就会蒸发掉。自从母亲会玩微信并加入小时候朋友的微信群里,她心里就常搁记着那片生她养她的热土,嘴里有时还会念叨起她年轻时的一些事。

　　姥姥和奶奶去世的都早。母亲是个孝子,她把爷爷养老送终之后,就把全部的孝心倾注到姥爷身上。当年,虽然姥爷身体还很硬朗,但母亲一方面为了方便照顾,另一方面怕他一

个人在村子里生活出现个闪失。于是，就像移植大树一样，费劲力气带上姥爷的全部家当——书和行李，强行把姥爷搬到自己身边。姥爷不愿意和我们住在一起，母亲依从了他，另找了一处房子，距离不远。在冬季，母亲煮好面条，我给姥爷送过去的时候，面还没坨，热乎乎的。

自从姥姥去世，姥爷在母亲的关爱下，心情愉快地又生活了24年，84岁那年他走完了自己的一生。

母亲年轻时特别要强，家里大小事都自己承担。父亲在外工作，她自己带着三个孩子，既要养猪种地，还要照顾我年迈多病的爷爷。什么粗活累活都干过，就连春天掏茅厕这活儿都是她自己去干。那时她常对我们说："自己能干的活儿自己干，找别人都忙落人情。你爸又常年不在家，这人情咱不好还哩。"我们听得似懂非懂，傻傻地认为母亲很强大，没有什么事能难住她。

母亲是个干净人，她不但把家打理得井井有条，还把我们三个孩子尽力打扮得光鲜亮丽。母亲手巧，时兴什么衣服，只要让她见过，总能一模一样给我们做出来。那年我上师范，母亲还给我做了一件绿色的呢子大衣，双排扣，立领儿，后开叉。我穿着那件洋气的衣服，在同学们面前显摆了好长一段时间。

能耐的母亲在我结婚后，还帮我做这做那。导致我做饭水平不行，针线活儿更是一点都不会，即便是缝个扣子，母亲也不省心地说："笨手笨脚，歪三扭四。"我只能傻笑着埋怨母亲："谁让我有个万能的妈呢。"

直到我四十五岁，母亲六十四岁那年，我突然发现母亲热气腾腾的性格不再那样灼热难挡，我也能上手帮她做点事情，有时她看着还是不顺心，但也能忍住了。

守旧的母亲，对于新生事物接受得总是很慢，但是在去年端午节，她一下子会聊微信了，这让我既高兴又意外。

母亲识字不多，手机的使用说明看不懂。我们无数次地教母亲在微信上视频、说话、发表情，都是徒劳。母亲一时学会了，但是离开我们，就又忘了。她总是说自己不识字，这新式玩意儿学不会。

端午节上午，我抽时间看了下手机，突然间发现有母亲的语音微信，"大美，你在干什么，请回话，中午过来吃饺子。"

这让我小惊一场，忙回话："我没事。妈，这是您儿自己在微信说话？"

这是什么话，听着母亲说话，还要犯这种低级错误，总是不大相信。

母亲回答："当然！"

接下来还蹦出来一个害羞的表情，"不可能呀？前天母亲还不会用微信呢，今天怎么学会语音了，还会发表情？一定是有人拿着母亲的手机在帮忙。"我这样想。

打电话过去，"妈，您在哪儿？谁在您身边？"

"家里，我自己呀。"

"我爸不在？"

"锻炼身体还没有回来。"

"您自个儿会玩儿微信了？——"我说这话的时候，声音拖得很长。

"那有啥！我还会抢流量呢！"

啊？什么抢流量，第一次听说，这是我母亲？一下子咋进步成这样了？听说过抢红包，我还没听过抢流量。哎呀我的娘哎，三日不见当刮目相看。

母亲早已挂了电话，我赶忙看微信，上面已经发过来一堆语音，还有好几个可爱的、无奈的、兴奋的表情。我忽然间发现母亲像个老小孩，开心得不得了。

第二天去看望母亲，母亲边玩手机，边说："你写的那篇《芦家窑》，留言有七八十条，那里边我认识的人不少。"母亲不认字，就认头像。

"我在群里把你的文章一发，人们发过来的表情都是赞，你知道我多高兴？多光荣？"母亲说的时候，脸上洋溢着浓浓的爱意、满满的幸福。我顿时觉得，孩子能给母亲脸上长光，对于母亲来说那是一个多么厚重的礼物！

母亲还想让我写写姥爷，这点心事在去年就提起过。她说："你写这个那个的，你爸一念，我就说还不如写写你姥爷呢。"我当时听了没当回事，也没放在心上。后来，母亲好几次，话到嘴边，没说出来，可能看见我忙，一心疼就不忍张嘴了。

直到那天我陪着母亲回到她的老家时，母亲兴奋得像个小孩子，我猛地想起了母亲的那点心事。她大中午要拉着我在村里走走，每到一户残垣断壁的老院，看着坍塌的房屋，指着那久经风吹日晒雕镂刻花的窗户，有些伤感地感慨道："这都是你姥爷给做的，看看上面那兽首、荷花还在呢，只是现在的年轻人谁还知道？"

那天，我陪着母亲在村子里转了一大圈，说了很多话，都是关于姥爷的。那个大高个子，留着山羊胡子，有着精湛的木匠手艺，还研究了一辈子易经、风水、禁忌的老人。当我说要把那些素材整理出来，好好写写姥爷的时候，母亲的眼睛猛然一亮，脸上的皱纹立马如菊花绽放，笑得那样甜，那样美。

母亲的心事，我很明白。她从这个村子嫁出去多年，现在通过微信又和这个村子联系起来，如今站在这块儿温热的土地上，怎能不勾起她的心事？

她想让我写写姥爷，其实她更想让村里的人们知道，自己的孩子都很优秀，甚至还有个会写文章的孩子，会把岁月里淡忘了的那些往事变成文字，让人们看着文字，忆起旧事。她和所有的母亲一样，都有着直白朴素的心理，总想让自己的孩子露一手，在人前显摆显摆。

一定要把姥爷写写，好好满足满足母亲的心愿。

我和姥爷的感情很深。姥爷在世时，我经常和姥爷聊我们共同看过的某一本书，我理解的总不如姥爷透彻。最喜欢听的还是姥爷讲的那些神秘故事。我说那是迷信，姥爷也不反对，只是说信也行，不信也行。他的这种中庸之说，最终让我一头雾水。再问，姥爷不答，只是捋着他那山羊胡须在笑。

姥爷在世的时候，母亲的心一头系着姥爷，一头系着我们这个家。如今姥爷不在了，母亲的心事全在我们几个孩子和父亲身上。她在世事风云面前，从来都是不惊不喜，隐忍大度。

那天，她在那片曾经养育她的热土上，如同回归的小鸟，欢快地讲述着往事。说起了我小时候到姥姥家的情景，和她小时候在村子里的事情，还讲起了第一次见到我父亲的羞涩。

母亲回忆着在这片土地上走过的岁月，有时她停顿不说了，因激动脸上荡漾着兴奋的表情，眼神里也流露着慈爱。

那天，我陪在母亲身边，听着母亲说的话，心里有感慨也有自责。母亲的心事，其实我一年前就知道了，只是整天忙于一些琐事，却忽略了。这个给了我生命的女人，因为爱我，所以懂我。而我又懂她多少呢？惭愧涌上心头。

唉，现在母亲老了，她的心事全在我们身上。即使她的心事我懂了，但回报她的，也只是这只言片语。

父亲的身影

父亲和共和国是同龄人，他二十二岁就有了我。在我这四十几年的岁月里，无数次地看到父亲高大的身影，在我的眼眸里走远走近。唯独父亲背着一个木头墩子，穿着一身黑色的棉衣，头发蓬乱，脸黑漆漆的，一笑牙齿特别白的样子难以忘怀。

回家的路是一段上坡，他弓着高大的身子，疲劳地向前走着，我看到他愣住了，大声叫："爸爸！"他一抬头，笑了，牙齿是那样得白。

那时我的心"咯噔"了一下，被父亲那满是煤黑的脸和特别白的牙齿扎心了。直到现在想起来，依旧会揪揪地难受。

那一刻我心想，我爸这是去受什么罪了，咋成了这模样？

我那时年幼，不知道父亲在矿井里干什么工作。每次下班回家的时候，他都是干干净净的，走的时候穿的什么衣服，回来的时候原样。还有就是他给我拿回来的班中餐特别好吃。有肉有菜，有时还能拿回来午餐肉罐头。在当时的年代，能吃到午餐肉罐头那可是很奢侈的事情。后来，我也慢慢懂事，才知道父亲拿回来的食品是自己不舍得吃省下来的。但是在以后的很长一段时间里，我还是不懂得心痛父亲，心里一直在等着那份美餐。他总是不让我失望，隔几天就拿了回来。

当年父亲在煤矿井下工作，中途是要给工人们加一顿餐的，故名叫"班中餐"。每遇到吃好的，父亲便是饿着肚子不吃，装起来，等着拿回家给我吃。每每想到这些，我总是潸然泪下。泪花里闪烁着父亲高大的身影，也听到了他饥肠鸣叫的声音。

还记得那是个盛夏，父亲上早班，大概五点多就走了。临出门的时候，他在我耳边说："爸上班去了，我昨晚上就告诉房东大娘了，她七点会过来叫你上学。"我还在囫囵觉中，他上班走了之后我依旧睡得很香甜。

下午放学，我心情异常快乐。原因是数学和语文老师都表扬了我，而且，老师给全班同学念了我的作文。数学作业本因为整齐，又是全部正确，老师拿到好几个班让同学参观。放学后，我心里像揣着个小兔子似的，欢蹦乱跳地就回来了。一进门见父亲没有下班，心里有点小小的失落，但那个"小兔子"还是在心里欢快着。我把书包往炕上一放，从水缸里舀了一瓢水，"咕咚咕咚"半瓢水就进肚了，很是畅快。之后我开始背诵报纸上的文章——《巾帼英雄张海迪》。

那篇文章很长，虽然我也觉得好枯燥乏味，可还是很自觉地背着。因为这是父亲布置的任务，必须要好好完成。

太阳斜斜地洒到了院子里的那棵小树上，我肚子开始咕咕乱叫。翻开笼屉没发现什么可以充饥的东西，我想我父亲了，于是我就到父亲回家必经的路上去等他。

我选择了一块大石头，坐在上面，石头热乎乎的。夕阳斜照在我身上，把我的影子拉得很长，我开始想着父亲回来会给我带什么好吃的。

父亲一定会穿着昨天那身特别精干的灰色中山装回来，那衣服是妈妈亲手缝制的。脖子上的扣子也紧紧地扣着，最上面的那个小铁钩钩也钩得紧紧地，稍稍露出来一点里面的白衬领，又干净又精神。中山装上面的两个兜里，左兜别着两只英雄钢笔，右兜里放着父亲的零花钱。父亲穿着这样的衣服根本不像个煤矿工人，倒像个文化人。不不不，父亲本来就是个文化人，只是时代把他变成了工人阶级。这时候，父亲在我心中的形象更高大起来，他成了画家，成了教授，成了医生，甚至成了坐在办公室里，梳着大背头的大老板。想着想着我"噗呲"一下笑了，笑自己尽想好事儿，这好事却离我不知道有多远。

我饿得肚子"咕噜噜"地连续叫着，这时候我又开始想好吃的。我想父亲一定会给我带了香喷喷的午餐肉罐头，还有那大片大片的猪肉炒白菜。午餐肉的香味一下子就钻入了我的鼻腔，让乱叫的饥肠蠕动得更加厉害了。我想着肉片炒白菜，就连那菜汤蘸着馒头，吃起来都分外鲜美可口。我不住地咽着口水，能清楚地听到"咕噜咕噜"的声音。我感觉我每咽一口口水，那个小小的看不见的喉结都会上到脖子最上面，再随同唾液一起吞咽下去。我眼巴巴地看着那条路，急切地盼着那个高大的身影出现在路口。

夕阳把我的影子拉得更长了。我最不靠谱的是想着父亲给我买了个皮文具盒,粉色的,这是我梦寐以求的东西。又一想,它还是有点小贵,甚至有些奢侈。但是,我小脑袋还是一个劲儿地想着,想着一掰开镶有吸铁石的按钮,上面有课程表,下面一层是插笔的大小插口,里面摆满了五颜六色的笔。

我没有忘记朝路口看。这时候,天色昏暗下来了,夕阳彻底隐没在西面的山里了。我远远地看着路口有一个高大的身影晃动着,越来越近。昏暗里,我看清了就是我的父亲。

父亲没穿他的中山装,穿的是一个黑色的普通外套,两面的肩膀上裹着白色的毛巾,一面斜着背着一个木头墩子。两根铁丝交叉在父亲的前胸后背,两根木头用铁丝吊在父亲的胯旁。父亲身子向前倾着,两只手不住地搂着两边的木头墩子。上坡的路他走得很慢,看上去疲倦不堪的样子。我在暮色中看着父亲,呆呆地看着他,我忘了是在等他。等父亲走到我身边的时候,我一下子才反应过来,"哦,爸爸,您怎么才回来?"我的语气里还是透着一丝丝的埋怨。

"井下出了点事儿,有个叔叔困在了井下。"我看见他的眼睛红肿着,里面闪烁着泪花。我不知道出什么事情了,那一瞬间,只是觉得父亲很可怜。再后来母亲说:父亲做的那营生就是"四块石头夹着一块肉"。我那时根本不懂得在井下工作有多危险,也从来没想过母亲说那话是啥意思。

那天,我所想的一切美好都没有兑现。

父亲一直都是沉默不语,他给我做的饭也不好吃。稀饭里面放碱面却放成了白矾,熬出来的稀饭成了绿色。我怕中毒不敢喝,父亲说没事的白矾不会中毒。就那样我喝了此生最难忘的绿色粥。只是,我看到了父亲站在地上的身影有些哆嗦。他一个劲儿地说着:"这活儿不能干了,这一家老小的,出了事谁管呢?"他自言自语

11

了一个晚上，我到最后也不知道是怎么回事，只是蒙着头背着张海迪的事迹。不知道什么时候就睡着了。

这件事过后，父亲总是很忙碌。我有时看到他手里拎着烟和酒出去的背影，走的时候匆匆地和我说去谁家说说调动的事情。

此后很长一段时间，父亲有时很高兴，好像种下了希望，只等着收获。有时又特别沮丧，感觉那希望之火被浇灭了。他进进出出，身影挺拔如松过，也蜷缩无助过。

最后，好消息还是来了。

记得那天，父亲特别兴奋。他晃着高大的身影，急着收拾行李，嘴里说着："那些东西不拿了，团聚的日子近了，好日子到了。"我在一旁静静地看着父亲收拾东西，心里不知道什么感觉，只是觉得矿上上学也挺好，老师总是表扬我，离开她们我有点不舍得。

父亲这一辈子是从苦难中走出来的。如今，父亲的身材依然高大挺拔。不过，很多时候，望着他的背影，觉得高大的不只是他的身材。

我的姥爷

告别了高温天气，这几天接连都是阴雨，即使有阳光出来，也是很无力。我其实不喜欢这样的天气，心情很沉重。不过每年的这个时候，天气总是这样。农历七月是个祭拜亡灵的忙月，尤其到了七月十五这天夜里，若遇上淫雨霏霏，雨中传来凄凄惨惨的哭泣，无不让你的心如同这雨一般，悲凉到极点。

每逢这个时候，心里总有丝丝缕缕的思念笼上心头，想起我那爷爷奶奶、姥姥姥爷。姥

爷和我生活的时间最长,也是我在成年之后孝顺过的最大的长辈。

姥爷的真实名字我不知道,姥爷也从来没有和我提起过,我只知道人们叫姥爷"卜大个"。姥爷身高大概有一米八多,在他八十多岁的时候,虽然有些驼背,但是站在人群里还是很突显。那个"卜"字,我想是因为姥爷喜欢易经风水,经常有人找姥爷八卦一下的缘故。

姥爷是个木匠,匠人在那个年代算是很吃香。母亲经常说起自己小时候一点儿罪都没有受过,只是嫁给父亲之后遇到了吃了上顿没下顿的苦寒日子。姥爷的木匠手艺在方圆百十多里,都是很有名气。在我的记忆里,姥爷回来的时候,经常背着一个木头做的,大约有六七十厘米长、三十多厘米宽、五十多厘米高的箱子,这箱子里可能放着的都是姥爷的传家宝。反正,他一回来,就把那个箱子放到我们探不着的高处,还要很严肃地告诉我们,不要去探那些东西,小心碰着、割着、砸着!于是,我一直都觉得姥爷那箱子里,放的指不定是啥好东西,他一定是不舍得让我们看。

那种好奇就种在了我心里,一直都在狂长,总想看个究竟。

终于有一天姥爷在家里睡觉,我缠着五舅舅去拿下来姥爷的"百宝箱"。看了之后,觉得没什么,不就是一些刀呀、斧子呀、凿子呀、推刨呀、墨盒呀什么的。从那之后,我再没有惦记过姥爷的工具箱,但是,姥爷精湛的手艺在我幼小的心灵里留下了深刻的印象,感觉再没有比姥爷更好的木匠师傅了。等我知道了在这个世界上还有一位更传神的木匠师傅叫鲁班,我把姥爷就当成了鲁班,直到今天,我心里的鲁班就是姥爷。

姥爷的木匠活儿真的精湛到了极限,我见过姥爷做的家具、门窗等等。最让我睁大眼睛不敢相信的是姥爷能把一块儿呆木头,刻成一个栩栩如生的人物。观音菩萨手里拿着玉净瓶,插着柳枝,那柳枝纤细低垂。那留着锅盖头的男孩儿，穿着红肚兜，胖乎乎的腿上的肉棱儿看得都十分清晰，传神到了活灵活现。还有动植物，老虎威风凛凛，大象憨态可掬，牡丹雍容华贵，菊花生机盎然……形形色色的东西在姥爷手下，都能把它们的细微之处雕刻得淋漓尽致。我那时，禁不住总要赞叹姥爷厉害。

至今，姥爷老屋门窗上的图案还是清晰流畅，虽然老屋年久失修，房顶塌陷下来，但是门楣上的兽首图案，和那雕花镂空的窗格，在岁月的沧桑中，依旧在诉说着姥爷的精湛技艺。

姥爷一生中除了做过一些细碎的雕花呀，房檐上的精美图案呀，家具呀，还有一座最值得人们记忆的桥。听母亲说那时她十五六岁，常给姥爷送饭。她看到姥爷领着一帮徒弟，眼前放着图纸，不拘绳墨，精心地在每一块木头上画着。她当时也没问姥爷在干什么，每一次送完饭便匆匆走了。后来听姥姥说，镇河堡河上搭起了一座木桥，那是姥爷领人建造的。听说桥上还可以过马车，如今，我都为姥爷那炉火纯青的精湛技艺而肃然起敬。

我师范毕业后，姥爷的精神状态和身体都还很好。那时候，姥爷自己生活着，我下班之后没事干就去和姥爷坐会儿。

和姥爷聊天很开心。姥爷就像个老小孩，给我拿出来一些小零食，总要看着我吃进去才高兴。当时姥爷已经不再从事木匠营生了，在家里，姥爷多数时间是看易经书。他的书就在炕上摞着，炕的一半铺着他的行李，另一半摞着他的书。行李像小山，书也像小山。我时常提出给姥爷整理一下书，姥爷总是不让。

想起那段光阴真的很难忘。一老一小两人趴在一张小桌子上，姥爷给我讲《易经》，我也认真地听。只是，什么都架不住时间的扫荡，如今连《易经》的一丁半点都想不起来了。只是在记忆里还残存着姥爷讲《易经》的模样，他捋着那山羊胡须，边讲边像在思考。

姥爷那个阴阳五行罗盘很神奇，他在给人们占卜看风水的时候总要拿出来。我问过姥爷："给人们卜卦啊、算命啊、看风水啊，这真吗？"这个问题我不止问过一两次，最终姥爷也没有给我一个肯定的答案，反复就是那句话"信则有，不信则无"。姥爷还好多次告诉我："年轻人，学学《易经》可以，其他东西就不要去深研究了。"他还说："佛也是人，一心向善就好。"其实，到头来，我什么都没学会。《易经》那么深奥的学问，早已经被如今这些浮躁的眼前娱乐挤占得全无踪影。

姥爷在他八十岁生日过完之后的一天，出去转悠时竟然忘记了自己的家在哪里。我听了很是奇怪，就问姥爷："您儿这身体这么硬朗，咋就能找不到家呢？"姥爷捋了捋他那山羊胡须，抿着嘴唇，拿起他的旱烟袋，拧一小撮烟丝，点着后"吧嗒吧嗒"吸两口，"咻"地一下吹出去了。那动作做了几十年，娴熟而干练，接着又拧一小撮，又吸又吹出去，就这样反复着。过了很长时间，姥爷开口了，他说，他可能要回老家了。我当时真以为姥爷想回老家住一个阶段呢，也没有在意。

之后的不久，姥爷又一次找不到家了，这次是被别人送回来的。我去看望姥爷的时候，姥爷说，他无论如何转来转去就是找不到家。有熟人看到姥爷就在那个地方转悠，问了姥爷才知道他老人家是回不了家了。我那时就想，姥爷好端端的，不像脑袋有问题的样子，咋就能糊涂到不认识自己的家呢？那时候，姥爷还能自己做饭，起居饮食都不需要人来照顾。但是，姥爷真的有问题了。

有一天，姥爷一下子就晕倒了，我赶到医院的时候，摸着姥爷的脸，问姥爷是否认识我，他还笑着点头，慢慢吞吞地说出了我的小名。姥爷从一个很大的现代化的医疗器械里进去出来之后，医生给出的答案是姥爷的小脑已经萎缩了，再恢复到正常希望渺茫。母亲伏在姥爷身旁哭泣着，我看着躺在病床上的姥爷也哭泣着。姥爷在医院里逐渐失去了语言能力，他指着家乡的方向，意思要回老家。母亲和他说在医院看病，等好了就回，他固执地指着那个方向。最后，母亲同意回家，他欣然笑了。

　　回家后没几天，就在那年的七月十五，姥爷走了，这个鬼门关姥爷没有迈过，这是他预料到的。他走的时候，天气接连几天都下着雨，我的心也随着淅淅沥沥的雨哭泣着。

　　又进七月，风还是一样的轻，花还是一样的鲜艳，雨还是不急不慢地落下。当我慢慢推开思绪的窗，回忆的长藤蔓延着，开出了黄色的小花，每一朵都是我对姥爷的思念。姥爷，如果您还在我身边那该多好！不由自主地想起姥爷的山羊胡须，想起他雕刻的人物花草动物窗棂，想起他推出的刨花像薄薄的面条，想起姥爷曾经反复告诉我《易经》里的一句话：天行健，君子以自强不息；地势坤，君子以厚德载物。

一个回眸你已长大

姑娘笑着走进了考场，看着她的背影，真的好想流泪。这么多年的时光，怎么就如同指尖流沙，一晃眼那个"哇哇"啼哭的婴儿竟长成了这般模样。

高考结束后，我一下子就像被松了绑，拿起姑娘写的那本《青春集》，看了又看，一种似曾相识的怀念涌上心头。

早就答应了给姑娘的《青春集》作个序，可总是无从下笔。原因是自己的青春岁月都不

知道是怎么过来的。记忆最深的就是,同学们一块儿出来总是没地儿去,于是就在大礼堂前面的广场傻站着。十七八岁的青春岁月,有时被冷风吹得离散了,有时被暖阳聚拢成团了,就这样聚散离合着,青春就没了。好像从未在乎过自己有无情绪,也不记得是否有过青春期,也许有,但那时也没引起父母的关注。

而今,看着孩子,她的青春年华里遇到了权志龙。彩色的头发、高挑的身材、鲜嫩的容颜、激昂的舞蹈。孩子满心喜欢着他的言行举止与着装,深信地球上的生物只有孕育成这般模样,才算完美。遇上了时尚作家郭敬明,一场《小时代》的风雨袭击了她,深深地在她的青春成长史上,刻下了印记。遇上了网络爆炸时代,一切的不理解不明白似乎都在网上找到了答案。寂寞不言伤感,靠近网络,就找到了归宿。她的青春可谓是一个缤纷而又寂寥的时代。

珂是个大气多才的姑娘,从小的梦想就是当一个服装设计师。记得小时候,一些不穿的衣服,她总是收藏起来,一有时间就给她那些芭比"小公主"们做衣服玩儿。什么长袍短褂、婚纱礼服、韩服纱幔、披肩短裤等等,一块儿废布料在她的小手里都能变成一款款奇装异服。我经常有意无意地打击她的爱好,后来她渐渐长大,再加上学习的压力,我以为她早就忘记了她的梦想。可是,某天与她聊天,才知做一个服装设计师的美丽梦想还在她的心里孕育着,她对于服装设计的热爱还是温度不减。欣慰她由稚嫩成长到如今,心里还装着那个远大的梦想,不由得在心里默默祝愿,不久的将来,她的梦想成真!

珂的歌声甜美得很,音乐的强大基因遗传她爸。看到她的手指往琴键上一放,一首醉饮如思的曲子便流淌出来,便想起她学琴的那段艰难时光。那些日子充斥着我顽强斗志与她不屈抵抗的不懈较量,累而不倦、烦而不厌。这对矛盾直到她在北京比赛拿了一个二等奖后，才稍微缓和。

珂四岁的时候开始学拉丁舞，学了四年，激情逐渐衰退，又改成学古筝。第一次到古筝老师家，她爱玩，坐不住，老师的父亲看到了，直摇头。我心里很不是滋味：这老人，您儿这是什么意思？半年后，老人和我熟悉了，直接对我说："闺女，我看你不要让孩子学了，学不成，她不喜欢。"泼凉水的话我真不爱听，心中不悦，勉强说："管她呢，试一试，也不指望靠这吃饭。"老人笑了笑，此后也没再说什么。而我心里却暗下决心，一定要让孩子学出个样来，让老人瞧瞧。想归想，现实很残酷，珂在学了三年之后，无论如何都学不下去了，好说歹说也听不进去。倔强的我，从未想过放任她，也不相信老人说的话真能应验。因为学弹琴她第一次挨揍了，坐在古筝前，默默地流泪，在泪水打湿琴弦的过程中，无奈地屈从了我的决定：必须坚持学下去。

是的，她坚持下来了，一直到小学毕业。最后，她扎实的基本功和标准的弹奏，竟然成了老师得意的弟子。老师的父亲经常摸着她的小脑袋说："你这个小淘气，没想到能学成这样子，不容易呀，我的话没灵验。"

后来老师还建议她考取音乐类院校，但她不打算走专业这条路，所以古筝没再学下去。再后来我给她买了钢琴，也没请专业老师辅导，她自己琢磨着学，弹一些简单的曲子。音乐是互通的，有弹古筝的底子，很快她就能像模像样地弹一些简单的曲子了。我是个音盲，但看着她的手指在琴键上来回穿梭跳跃，内心恰似听懂，无比地愉悦，一种成就感隐隐而生。

的确，珂是个优秀的孩子。游泳她没有参加过专业训练。2011年7月，山西省晋城市举办省青少年游泳比赛暨十四届省运会选拔赛。当时大同游泳学校代表队正好缺一名1998年出生的队员，教

练问我能不能让珂给顶一个名额。我问教练，她那水平能行吗？教练说试试吧。就这样，这个小东西冒充成一名专业游泳队队员参加了那次比赛。她真是能耐，和专业队员比拼，竟然还取得了自由泳50米第八、100米第七的好成绩。出人意料，教练都为此感到诧异。

她的体格比较匀称，身体着实健壮，但自己还不满足，经常通过节食来控制体重，最终也未尽她意。拒绝美食是件很残忍的事情，因此在美食面前，她经常很苦恼。不过高考已经过去，她有时间锻炼了，兴许她真能瘦成一道"闪电"！

珂也喜欢写作，这点可能像我。高二的时候，她就背着我写了四五万字的小说《青春的落花流水》，因在文字里畅游了一段时间，耽误了不少课程，但她从来没有后悔过。

自从她有了自己独立的想法之后，我总是不由自主地想控制她，但也总是无效而止，眼睁睁地看着她不顺从我的意愿，心中的怨气越积越多。一度时间，我们母女的意见怎么都达不成一致，最后她想法背着我干自己的，我再想法去窥视她，这局面很是尴尬。

一天，我突然想通了：珂似一只羽毛健全的小鸟，她要起飞，那就让她自由地飞翔吧。

一个回眸珂已长大，总感觉她还小，但是我站在她面前，只及她的眉梢。再过些日子，她将远离我的唠叨，那时，我想，我的心必然会有一段扯痛。

随着她的成长，我给她做了很多首诗，无论是出发，还是回来，我的目光，永远都会落在她的身上，是祝福，更是期盼！

马上她将开始青春的远行，望她带着我守护的目光，无惧无畏，无愧无悔。

青春是一场远行

青春是一场远行
从你的身上
我看到了自己的影子
笔尖流淌着青涩的文字
装得很有情绪
其实我早已看到你的内心
清澈见底
你不就是年轻时的我吗
曾经也因
一阵恼人的秋风而伤感
一场缠绵的落雨而流泪
一道绚丽的彩虹而欣喜

孩子啊
你是我一生的守望
在十八岁这个美丽的季节
你将赴一场青春的远行
祝福我的孩子
妈妈泪光盈盈中
看到你展翅翱翔的背影

这一程山一程水
妈妈陪你走过
那一程山一程水
注定你将自己丈量
不管山多高水多远
守望在身后的定然是妈妈的双眼
爱从未走开
她是你展开翅膀飞翔时的承载

青春很短
短得很美
但愿在这短而美的光阴世界
你激情飞扬在
浩瀚的江河、大漠、沙场
飞翔的你最美
你可以尽情地拥抱太阳
祝福你，我的孩子
祝福你，我的宝贝
一路高歌，一路担当

印象曹老

　　曹乃谦老师和我父亲一样，都是共和国同龄人，曹乃谦是著名作家，我父亲是当地知名的建筑工程师，他们都很年轻。我敬重这两个奔七的"年轻人"！

　　去年冬月，我准备出《因为懂你》，一切都准备好之后，序却没有着落，是老弟的朋友吴丽先人为主给曹老揽下这桩事。曹老当时正在赶写一部作品，怕他回绝，我很是担忧。但是老人家还是欣然答应，我一时高兴得不知道该感谢谁了。心里有对曹老的敬意，有对吴姐

的感谢，有对老弟人格魅力的认可，许多感恩在心里记下，等着日后去慢慢报答。

曹老是真正拥有自己声音的作家。他的创作生涯是从打赌开始，别人说他咋能会写小说，他说他就能写小说，不行看看。这一看，成就了一个中国著名作家。我第一次看他的作品是《到黑夜想你没办法》，就是冲着这个书名看的，想知道这里面到底写了点儿啥。看完之后，感觉不论是故事情节还是文字魅力，都与我的思想吻合在一起了。我读曹老书的时候，不用普通话去读，就拿新荣区的家乡话在内心里对白。"白天我想你墙头上爬，到黑夜我想你没办法，娶下是娶下的愁，娶不下是娶不下的愁，反正是个愁。唉——男人，男人，我看是难人。""说不出来，那石头像是砸在自己头上，可没等砸下来，就感觉到铅一样、铁一样的疼。"……所有的语言都没有造作，就像曹老坐在我面前聊天，聊着聊着唱开了，唱着唱着拿起"拐杖"就吹开了。

曹老不仅仅是著名作家，还是一个吹拉弹唱高手。

上次饭后我答应带曹老周末去鱼塘过一天山野乡村的生活，吃吃农家饭，在林子里河塘边坐坐。

邀了老弟、吴姐和好友，一起陪着曹老过个惬意的周末。电话里安顿他："把您儿的乐器都拿上。"曹老爽快地答应。开饭前，大家急切地想听曹老吹箫。曹老的箫就是他随手拿的那个"拐杖"啊，一箫多用，既是乐器又方便走路。

领着曹老绕鱼塘走一圈，进入小树林，于凉亭里落座。此情此景曹老禁不住拿起了箫，一曲悠扬的旋律飘荡在林间。曹老吹一段唱一段："妹妹你在山梁上拔苦菜，哥哥我在崖头上站，妹妹你把哥的心儿搅乱，哎嘿吆，心儿搅乱，哎嘿吆……"寂静中歌声箫声弥漫开来，极具穿透力。他继续吹，朋友们随即也跟着箫声唱起来。

那一刻的我们都陶醉在音乐中了。

　　从林子中走出来，午饭已经准备好了，和曹老吃饭必须小酌一下。曹老喝酒喜欢兑开水，大家说他喝的是"高度"的水。他喝酒不作假，即使是兑着水喝，他也要喝到一定的量。吴姐和他开玩笑说："哎，忘兑酒了。"这老头还真以为呢，喝一口："兑了，兑了。"一个率直风趣的曹老。

　　酒过三巡那必须再一次吹起唱起，朋友们这时候因为喝了酒，都有了兴致，曹老一吹，应声而起，好不热闹。

　　天公作美，燥热的空气里下了一阵小雨，地面的浮尘随秋雨落定，空气里弥漫着浓浓的泥土与花香。我们在小雨中上了方山，也上了方山上的边墙和烽火台。

　　野花竞相绽放，叫来名字的、叫不来名字的，花香清新扑鼻而来。顺手采了一把，山野的美瞬间就被拥入怀里。方山上的边墙和烽火台我上过好几次，但是在雨后遇到如此美好的景象，还是第一次。曹老也是不断地说："这天气选得简直好得没得说了，我们下马峪也没有这景色，看看这好的哇。"他拿出手机不停地拍着，花花草草在他眼里、笔下一定另有一番韵味。他和我们一起爬上了烽火台，大声喊着。

　　山含情，水含笑，满眼苍翠挺拔。曹老精神矍铄，大步走在前头，他似乎在构思着一个故事，也许一部新的作品由此诞生。我们期待着！

质朴的洪烛

这是个不平凡的一天，早上五点多起来，就去赶车。地铁、公交倒腾着，到了办事地点，幸亏还算顺利。中午还要赶到朝阳区农展馆附近的中国文联出版社，一路上骄阳似火，自己又心急如焚，头上的汗珠子扑棱棱掉下来，这形象去见洪烛老师是不是有点不雅？雅不雅也没有什么办法，时间也不允许我去把自己再重新收拾一下。

在百度上早已了解了洪烛老师的简历，读了很多他的诗歌，功课做了不少，可以说隔着荧屏，对他有了浮皮潦草的认识。想那诗人的情怀一定是高清而致远的，在常人思想之外。就像海子，好好的日子放着不过，就想喂马劈柴；那个三毛放着美景不看，非要跑到热得要死、穷得要命的撒哈拉沙漠去受罪；还有好多诗人总是不按常理出牌，不过他们的文字却耐人寻味了好几个轮回。

不用想，洪烛老师不是个高冷的男神，就是个不食人间烟火的魔，不然他的文字不会从远古走来，走到西藏，走到四面八方。他的文字不会从人心走出，又能回归到灵魂深处与肉体之间的那个细小的夹缝处。把你带到远方，孤立无助，又陪着你夜半灯下。

大概是热得叫不动了，知了集体鸣叫之后，戛然而止。缓了一小会儿，兴致又起。大夏天的我，行走过街头，不漂亮也不可爱，带着倦意与疲劳，重要的是还带着宝贵的诚意，走到了洪烛老师面前。王斐给介绍后，握手致意。

洪烛老师不是我想象的那样啊。这个经常在各大顶尖级报纸杂志上读到的名字，终于不再是文字的载体，而是真真实实地坐在了我面前的诗人。他谈笑风生，平头板寸，文雅朴实，不张扬，说话的声音带着磁性，没有距离感，而是那种很融洽的接近感，朴实的谈吐中不经意地流动着大家的飘逸与厚重，并恰到好处地将文人的儒雅与政要的沉稳拿捏在一起，淡定如竹，散漫如风。这是媒体对他的评价，也是我见到他的感觉。

纯粹生活在文字中的人对头衔不感兴趣，这是肯定的。我是个直肠子，从我嘴里秃噜出来的问题总是直来直去。我问洪烛老师在职位上有没有向上攀登的

作者和著名诗人洪烛先生

欲望，他很干脆地说，没有，他喜欢低到尘埃里开花。可能是走到一定境界的文人雅士都有这种接地气的思想，所以才能从生活中创造出更多的精彩吧。他平和的心态，侃侃而谈的坦然，朴实中不失高雅。文学艺术从十几岁就注入他的骨子里，如今，他已成为文学界的一面旗帜，可他却没有招摇，就这样儒雅地坐在我的面前，用他富有磁性的声音，谈笑风生。这种低到尘埃里的境界，谁能不感动呢？

　　我的心常会有一种感动，为阳光、为月色、为花开、为世事轮回，也为这次遇见。时间仓促，这段相聚在欢笑声中结束，留给我的是一段温情。轻念岁月落在今生的痕迹，质朴的洪烛老师，他的诗行与声音已明媚成一段难忘的记忆，沉淀成手心跳跃的阳光，有声有色。

我的大姑姐

一九七四年的初夏时节,刚刚下过一场大雨,泥土的清香扑鼻而来,贫瘠干枯的土地在久旱逢甘露的雨水中,冒出了丝丝绿意。

十七岁的美珍卷起了行李,准备好了简单的生活用品。县剧团的一纸通知书,让她高兴的心再也无法平静。从接到通知的那天起,她就是县剧团的一名正式演员了。脱去了农民的身份,晋级为一名吃国家皇粮的工作人员,这

个消息让她连日来按捺不住内心深处的狂喜。十七岁那年,她的脚步从小山村走向了县城,梦想也是那时候拉开了帷幕……

山村的路在雨后初晴的时候,难免泥泞不堪。美珍背着仅有的那点行李,怀揣着小兔子般的兴奋,即使行走在如此泥泞的路上,还是遮掩不住她狂热、轻松和愉悦的心情。

美珍从小喜欢唱歌跳舞。童年时代饥饿困乏着她那幼小的生命,她在无法填饱肚子的状态下艰难地成长起来。幸运的是她有一大爱好,一听到唱歌,饥饿感就会得以控制。她经常陶醉在音乐的世界中,感悟着音乐的魅力。她尤其爱听晋剧《打金枝》《狸猫换太子》《三娘教子》等剧本。每每听到这些曲段,她便把家里的长布条子绑在胳膊上,想象着戏剧里的人物,一截一截地将袖子甩起来,边唱边跳着。逢年过节时,村里请来了戏班子,她总是扒拉开人群,钻到最前面,看着舞台上袅袅娜娜的演员表演,她无师自通,一大段一大段的唱词记在了心里。闲暇时间她便开始练唱,唱词被小美珍演绎得声情并茂。那年代,能唱戏在村里可是件荣光的事,美珍在她的戏曲梦想中畅游着,时代赋予的贫穷与饥饿,被她那甩起来的黝黑大辫子和甜美的声音覆盖得渺小了许多。那段时光成了她的生命中最美的符号。

进了县剧团,美珍迎来了人生中的演艺拔高阶段。以前的唱功都是自己学着他人的声音动作琢磨出来的,如今她到了一个演艺人的群体里,老演员们看到她年轻好学的上进品性,总想毫无保留地尽心尽职地指导着她的音准,纠正着舞台表演的动作,鼓励着她。在这样一个好环境的影响下,美珍的唱功得到了迅速提高。

一年后她开始登台了,扮演的角色是老旦。那沉稳俊朗的扮相,苍劲浑厚高亢的嗓音,赢得了同事和观众的热烈掌声。五年后,她的演技已是炉火纯青了,那自信的笑容、明媚的眼神、年轻的气息成了剧团的台柱。在美珍事业节节高升之际，同时也迎来了她此生的爱情。

小张是剧团的年轻男演员，专职丑角儿，能说会道，比美珍大四岁。自从美珍到了剧团，他就时时处处关心着美珍，在美珍的眼里小张不但是位好演员，还是一位胸怀大志、风趣幽默、善解人意的大男孩。剧团里的元老们看着两位年轻人，郎才女貌、情投意合，索性就给撮合起来，这顺理成章的美事也就水到渠成了。一九七八年的冬月，瑞雪弥漫了北方大地，在阵阵锣鼓唢呐鞭炮声中，美珍一袭红装，一顶盖头，一辆三轮摩托，小张胸前一朵红花，从土窑洞里娶走了美珍。在剧团给的宿舍里，两位有着共同爱好与志向的新人延续了一段爱情佳话。

婚后，美珍和小张随剧团走南闯北，一路唱来一路温馨。美珍既要演出又要打理好这个小家，每个月还要往娘家寄一部分钱来补贴弟弟妹妹们的学习支出。生活虽然苦累，但有心爱的人陪伴左右，也就不觉得苦了。有时白天演出忙碌完，稍做休息，调整好状态，晚上继续演出。他们的付出成了当年枯燥乏味生活的文化盛宴，愉悦了人们的生活。

就在他们婚后的第二年，迎来了爱情的结晶，一个在歌声里孕育出的生命来到了人间。当孩子呱呱坠地，"哇哇……"啼哭时，小张怀着愉悦兴奋难耐的心情不由自主地亲吻了妻子："这辈子有你真好！"顿时两人泪盈满眶。爱就是这么简单朴素，又是那样深情美好。就像叶芝在诗里写的："当你老了，头发白了，睡意昏沉。当你老了，走不动了，炉火旁打盹，回忆青春。多少人曾爱你青春欢畅的时辰，爱慕你的美丽，假意或真心，只有一个人还爱你虔诚的灵魂，爱你苍老的脸上的皱纹……"

时光流逝，在孩子哭了笑了的喜怒哀乐中，在一场场演出的忙碌中，在儿子的成长中，在女儿的出生喜悦中，美珍和小张也由原来剧团里的年轻人走入了中年人的行列。

时代在变迁，剧团的演出活动也不太忙碌了，他们有了充分的时间照顾孩子和老人。小张还是那么的幽默风趣，知性大度，但已被人们称为老张了。老张在力所能及的情况下，照顾美珍的外甥和弟弟们，从来没有半点怨言，生怕美珍身心疲惫，自己总是赶趁着把事情提前做好。当把亲人和孩子们都安顿下来，他们能过一种清闲日子的时候，老张开始身体不适，到医院一检查，天有不测风云，老张得了人们所说的"正经病"。

这一病，就是十年。美珍在这十年里，含辛茹苦，没有了清闲的日子，告别了梦想的舞台，告别了儿孙膝下的欢笑，承载了一个病人生命里的寄托与依靠，也承载了一种爱情的誓言与永恒。

守候的岁月，十年如一日，美珍不离不弃。美珍逐渐老了，她美丽的容颜失去了光洁的亮丽，头发稀了花了，可她还是小心翼翼地呵护着老张。老张却不知道美珍为他付出了多少，他傻傻地活在妻子的精心照料下，卧床不起，一日三餐，屎尿不懂，六亲不认。

每一次见到美珍，我都被她那种虔诚的爱情感动，她深情地看着老张，摸着老张的脸说："只要他出一口气，那这个家就是全的，我要让他好好地活着。"她的语气很是坚定。我想这也许就是永恒爱情的信念吧！在她女儿瑶姑娘的婚礼上，我看到了她祝福的温柔与期望，看到了她独自坐在两位新人面前的孤独和忧伤，看到了她柔弱而坚毅的目光。当她拿起话筒，一曲久违的戏曲，我仿佛看到了他们的爱情，在岁月中熠熠发光……

当你老了，不懂事了，老张我真希望这首歌你能听见，这是一位妻子的呼唤！歌声绕梁，我想这更是美珍要表达的心愿！

家杏

　　老王家那棵杏树是伴随着姑娘盈盈长大的。盈盈大学毕业后留在了南京，在南京还成了家，老王想盈盈的时候，就看看杏树。

　　春天的时候，盈盈总要在杏树下拍几张照片，把老王剪下来顺溜的枝干，插在花瓶上。院子里的杏花还没有开放，没几天，家里的杏花已是春色撩人醉了。每年，盈盈总是眼巴巴地盼着花儿快开，果实快快长大。

从盈盈大学毕业留在南京工作这年开始,杏树开花的季节,没有了盈盈的欢笑声。老王剪下来的枝干,都架在了前一排人家的房子后面,那刚刚绿了的树枝,带着粉嘟嘟的花骨朵,闲置在墙根下,没几天便让风吹日晒成了枯枝干叶。没有盈盈给家里插花,家里一下失去春天的感觉,老王两口子也不再期盼杏树快快结果。盈盈不在身边,杏树结了果实,没人着急到树上摘下来尝鲜,这份分享快乐的激情没了,杏子结多结少,也就无所谓。

那年杏花如期开后,酸毛杏按时结上,上了高中的盈盈,还像个孩子,总是抽出时间来赏花尝酸。每年杏熟的时候,盈盈满脸都是笑容。摘了给同学们品尝,之后便是一片欢笑。这棵杏树给三口之家带来了爱的期待。老王经常说:"这棵树是一种情结,凝结着盈盈的成长与快乐。"

看着成熟的杏,老王禁不住想起盈盈在的时候。每年杏还是个酸毛蛋的时候,她就开始摘下来吃了。一吃,酸得眉头紧皱在一起,眯起眼睛,撇起小嘴,一会儿嚼着咽下去了。眉眼、嘴巴、鼻子紧紧凑在一起,从嘴里出来一个字"爽"!再过些日子,酸毛杏儿长大了,这时候盈盈不吃了,她知道这时候的杏不是酸的,是苦涩的,那种滋味不宜品尝。

再过些日子,杏一下子就长出来红脸蛋,成熟了的杏,着实惹人喜爱。一枝上结好几个,摘一个下来,一捏就成了两瓣儿。杏核从一瓣杏上掉下来,杏肉往嘴里一放,一兜兜水,酸甜适宜,杏肉鲜嫩爽口。一瓣瓣掰开放进嘴里,大口咀嚼着这鲜嫩爽口的杏,盈盈竟然忘记了小时候妈妈常说的一句话"桃饱人,杏伤人"。盈盈每年第一次吃杏,母亲总要劝阻一次又一次,最后还是让她偷偷地吃饱了。不过,盈盈的消化系统确实不错,从来没有因为吃多了杏而不舒服。真应了她自己说的那种瞎逻辑,从树上现摘下来,吃多少都没事,她就是个实验的典范。

盈盈今年怀孕了,她在电话里和老王说:"老爸,春季的时候想家,也想杏花,这几天杏熟了,南京街头的杏与家里的杏不一样啊,吃起来没味道。"

老王强忍着泪水说:"咋了不一样,想吃杏就买,甭管多贵,吃饱了。"

"爸,卖摊上的杏不想吃饱。"说着不说了。老王在电话那头自己说着:"盈盈,爸明天给你摘上,顺丰走,让你吃个够。"

"爸,不用,快递来了,我想都成杏酱了。"

老王和老伴想啊,就是啊,杏这东西,没熟摘下来不好吃,熟了摘下来又放不到明天。这要是走快递,路上磕磕碰碰摇摇晃晃的,到了盈盈手里一准儿成了杏酱。老伴打发老王给姑娘去送,老王又一想,送还不如快递快呢。两口子还是决定给盈盈快递杏。

一早,老王上树摘杏,只摘快要熟的,捏起来硬硬的,个头要大的。阳光灼灼地照在杏树上,老王在树上选杏,老伴在树下接着。上午摘下来,中午开始第二遍筛选。从一筐里选出来六十个,个个圆溜溜,颜色硬度相同。每个杏再用餐巾纸包两层,纸箱里又用硬纸片隔开六十个方格，每一个格里放一个包装好的杏。看着排列整齐的杏，老王对老伴笑着说："这样快递去了就不会烂了吧。"

老伴说："应该不会，你快去给顺丰打电话。"

快递小哥来了，称完重，再包装一番，最后的快递费是128元。老王和老伴一下都没犹豫，急忙掏出钱让快递小哥赶紧拿走杏。

第二天下午的时候，盈盈就打来了电话："老爸老妈，杏我收到了，之后就听得电话里有抽泣声。"

"孩子，咋了？"老两口着急了："收到杏了哭啥呢，是不成了杏酱？"

一会儿，盈盈笑着说："我看到门前杏树上一个个杏在开怀笑，我看见老爸趴在树上摘杏，我看见老妈在树下接杏，我还看见了灼灼的阳光照着你们。"

老王在电话里"嘿嘿"笑着："盈盈，爸在家里坐着，凉快着呢，是有阳光落在杏树上。"盈盈笑得"咯咯咯"。"爸，我看到了，阳光落在杏树上，也落在你们的身上，还落在了我的心上……"

傻弟小满

夜色漆黑一团，外面风雨大作。老清的傻弟小满又犯病了，"嗷嗷"乱叫着。小满面部抽搐着，嘴角几乎要扯到耳根，眼睛向上翻着，黑眼珠只剩下一点，白眼球在眼眶里打转。胳膊弯曲着，十指抽成了固定的鸡爪形。老清看着弟弟，想靠近他，为他舒展一下那抽搐着的手指。一声响雷，小满抽搐得更厉害了，老清刚要靠近弟弟，听着他声嘶力竭的吼叫声，不由地停下了脚步。

小满一犯病，什么都不怕，力大无比，谁靠近他，他就打谁。老清想把手里的那颗镇静药喂给他，几次靠近都被小满的叫声打住。他不能靠近弟弟，只能等着他自发地慢慢地苏醒过来。但是，每次弟弟被这样折磨后，他的病就更加严重。他的眼睛更没有神气，嘴角不住地向上翘着，傻傻地笑个没完，哈喇子从嘴角流出来，他一点都不在意自己，只是一个劲儿地笑着。

老清有两个弟弟，一个叫大满，一个就是小满。大满是个人精，小满成了个傻蛋。

老清今年四十五，他比大满大七岁，比小满大十岁。听老清说，小满小的时候和大满一样是个机灵鬼。小满在三岁的时候一下子变傻了，小满变傻还有一段惊心动魄的故事。我听完老清讲的故事，至今晚上十点以后都不敢独自出门，也不敢独自回家。我以前勇敢得很，半夜三更出去回来，啥都不惧。因为我一直认为世界上没有神鬼，即使有，神鬼也不可怕。最可怕的要数人了，人呀，居心叵测的，隔着肚皮看不透心。直到听了老清讲的故事，我模棱两可地相信了世界上也许真有神鬼那东西。

老清声泪俱下，诉说着记忆中那个模糊而可怕的夜晚。

那是老清十三岁的时候，他刚刚上了初一，想当一名好学生呢，晚上在灯下夜读。在他最疲困的时候，听到爸爸回来了，他抬头看看时钟，已经是零点了。爸爸每天回家都很晚，今天更晚了。两个弟弟都睡得正酣，妈妈陪着他，等着爸爸。

突然小满"哇"的一声大哭起来，妈妈正要抱起他，掀开被子看见小满的肚子一下子就鼓起来，瞬间变成了球状。一家人围着小满不知所措，小满的哭声像要撕裂寂静的夜空。就在爸爸妈妈给小满掐人中，搓胳膊腿，又准备拿出针给他扎手指头的时候，小满的哭声戛然而止了。紧接着，那皮球一样的肚子慢慢地瘪了下去。小满不声不响地又睡着了。一切的凌乱在静夜里又恢复了平常，老清听着爸爸妈妈低语，那是对小满的猜测。

"哎，你说小满今天这是咋的了，你一进门就哭，那肚子咋就一下子变成了球呢？"

"我也说呢，要是做梦哭也不至于肚子胀成那样？"

只听得妈妈好像碰了一下爸爸。

"哎，不会是你这么晚回来，带回来什么乱七八糟的东西吧？"

"能有啥东西，好好的人，鬼都见了我怕，还能有啥？"

……

老清听着听着迷迷糊糊地睡着了。

第二天是周末，老清起来后，看见爸爸妈妈在小满跟前看着，他过去也看了看小满，弟弟依旧睡得很酣。大满醒来了，他说昨晚梦见弟弟让人抱走了，他还哭着跟抢来着，但是没抢回来。爸爸准备要叫醒小满，妈妈说："再让孩子睡会儿，昨晚闹腾的也够呛。"

上午十点多，小满还在昏睡状态，妈妈觉得不对劲儿，硬是把小满弄醒了。小满醒来之后，不哭也不闹，只是眼神分散着，总是不看人，话也不说，让吃饭也不吃。妈妈爸爸一看着急了，抱着小满就去医院。

小满的爷爷奶奶姑姑都是大夫，在医院里折腾了好几天，什么毛病都没有查出来。小满一个劲儿地消瘦下去，大家都着急了，于是又去了北京。就这样小满由一个活蹦乱跳的小机灵，变成了一个查不出任何毛病的病人。最终，小满被定为自闭倾向症患者。

后来在全家人南下北上的求医中，和一位老者说起了事情的经过，老者告诉他们要不去看看歪门邪道之类。一个世代从医的家庭，在医学界无法把孩子变回到从前那样，无奈之下开始走访一些"仙家"。"仙家"看着孩子，都说看得太晚了，精气已经被掏空，一辈子只能这样活着。

在最后一个"仙家"家里，老清的妈妈无法抑制内心的苦涩与悲凉，她"哇"地哭出声来。

"老天爷呀，你这是不长眼啊，我造了什么孽，你这样惩罚我的孩子呢？你让我变成聋子、瞎子、瘸子、疯子都可以，为啥单单让孩子去受这份罪呢？……"

老清的爸爸也难以承受这么残酷的现实，他抱着孩子不住地流着泪。

冬季的阳光虽暖洋洋地照在光秃秃的树枝上，但是，老清的爸爸妈妈一点都没感受到冬日暖阳的温馨。他们只听到了枝头乌鸦凄惨冷酷的叫声，这叫声撕裂着他们的心。

马上就要过年了，老清一家子看着小满呆呆弱弱的样子，谁都高兴不起来。这一年，爸爸妈妈是在给小满求医问仙中走过来了。爸爸一直都在内疚中度日，他痛苦地自责了无数次，他认为就是因为自己回家晚了，把什么恶鬼给带回来之后附在了小满身上，导致他今天成了这个呆惺惺病恹恹的样子。

那个可爱的小满真的丢了。

老清父母不死心，领着小满到国外还走了一趟，最后失望地回来了。小满被确诊为自闭症，说白了其实就是傻了。

日子还得继续，几年来老清的父母东奔西跑地为小满求医问仙，精力与财力都消耗殆尽。小满还是傻呆呆地活着，没见一点好转，甚至一年年病情严重。

老清本来准备好好学习，遇上父母不在身边，自己的自觉性也放松了。成绩一直平平，初中毕业就不想再上学了。老清的父母本想让他继续上，看着老清很坚定的样子，再看看他健健康康的身体，也就不去阻拦。老清一出身社会第一想到的就是要学一门技术，他虽然学了大货车司机，但小小年龄没人敢用他。索性他就让父母给他买了一辆货车，他自己独自跑运输。老清年龄虽小，但是脑子好使，待人接物都是一副大人模样，和他打交道的人都觉得这小子不错，厚道实在。

老清的确是个厚道实在的后生，这点他太像他爹。他爹就是个实实在在的人，每次单位加班都是他默默承担起。那次回家晚了，也是在单位加班的缘故。这些后悔话，老清的父亲只能打掉牙往肚里咽，他一直觉得小满病和自己加班有很大的关系，但是，他从来没有埋怨过单位。老清就这样风里来雨里去，开着大货车走南闯北地奔忙着。

老清开大货车多数的时间是拉煤。正巧赶上煤炭市场火热，他的运输生意一下子超级好。挣了钱的老清，又买了几辆货车，壮大了他的运输队伍。几年时间，老清的资金雄厚了。在老清心里，小满的那种活泼可爱样儿始终保持着原型，他始终觉得弟弟能好起来，等他挣了钱一定要给弟弟找最好的医生来看病，一定要让弟弟恢复到原有的样子。老清爱弟弟的心是好的，可是，弟弟现在却更傻了。当他把那么多的钱放到母亲手里，让母亲给弟弟继续看病时，母亲又一次痛哭不止。这次，母亲不是哭弟弟，而是哭老清。母亲看到了一个有爱心善良厚道的孩子，母亲看着老清，也看到了美好的将来。

又是一年春来到，春阳划破残冬，春风拂面而来。沉寂了多年的闷气，在老清娶媳妇的快乐时光里散去，父母也露出了多年没见过的笑容。父母看着老清和

媳妇恩恩爱爱地携手同行，心里总算看到了一份美好。这年，老清二十五岁，小满已经十五岁了，母亲把小满送到了自闭症学校，想让他学点东西。可是小满和其他孩子们不一样，他不是坐不住到处乱窜，就是坐在那里整天一动不动，对什么都没有一点好感。老师试验了好多法子，对小满来说都不起什么作用。最后老师拿小满也没有任何办法，只能就那样看着他想怎么着就怎么着了，只要小满不生病就行。老清父母也就那样同意了老师的做法。

人被生活折磨到一定程度时，连一点反驳意愿都没有了，只能信命。老清父母就是这样，对于小满的未来充满了无望与无助。美好的东西也只能借助于回忆，但是，回忆更折磨老人的内心。痛，无时无刻不在隐隐撕咬着他们。

时光就是这样公平，不管你痛苦缠身，还是好事连连，岁月总要翻页。

大满已经结婚了，老清已经是两个孩子的爸爸。老清一儿一女着实伶俐聪明，老清也是事业有成，他已经有了自己的公司，生意兴隆，远近闻名。小满在京城的特殊学校待了三年，父母一看已经长大，就把他接了回来。小满在父母身边，不烦躁，只是继续发着呆，一坐就是一整天。不过，一日三餐小满还是吃得不错，身体很壮实。

老清在他四十岁的一天，让小满感动得哭成了一塌糊涂。

老清的儿子和别的孩子闹别扭，两小孩揪扯起来，正巧，老清带着小满在街上溜达。小满看见侄子被人欺负了，没等老清反应过来，瞬间冲上去，把那个小孩举起来。小满两眼瞪得像两盏刺眼的灯泡，目光好怕人。小孩在半空中"哇哇"大叫着，胳膊腿来回折腾着，小满没有一点放下来的意思。老清吓坏了，他在小满举起孩子的下面，一边央求着小满，一边准备着接住孩子，又不敢大声训斥小满。怕他一失手，把孩子抛老远那可怎么办呢？最终是老清的孩子对小满说："叔叔我没事，放了他吧。"可能侄子的央求声与表情，小满真的看懂了，他一下子就把高举的孩子放了下来。孩子跑了，老清抱着小满哭成了泪人。

一时间，老清看到了小满心里有亲情，他和侄子那样的亲，他就怕侄子受委屈。

老清说到这里的时候，他哭了。他说："小满最和侄子们亲，不论谁欺负孩子们都不行，包括他们两口子要是在小满面前骂孩子们，小满也要和他们咆哮。"老清叹口气，摇着头："我那可怜的傻弟啊，再也回不到从前了。"

如今，傻弟小满就这样傻里傻气地和父母生活着，发病的时候，那种悲惨可怜，谁都没法替代，谁都不忍直视。

彩霞出嫁

我认识的一位老姐姐，人们都称她为肖妈，因为她老头姓肖，她性格特别好，成天乐呵呵的，她家有点啥事情，人们都喜欢帮忙。肖妈有两个孩子，都在国外，都是丁克族。肖妈和老头子寂寞难耐，于是家里养了两样小生物：一个是五颜六色的鹦鹉，周身的颜色很鲜艳，肖妈就给她取名为彩霞；一个是小狗，很普通的一只小狗，但是肖妈说老头买的时候，狗贩

子说那是世界名犬，永远长不大，肖妈给它取名叫"小不点儿"。

书上说，鹦鹉最长寿命为100岁，智力可以发育成7岁儿童那样。肖妈就想啊："彩霞要是活100多岁，他们不在人世了，谁来管她呢？"

邻居们听了肖妈的烦恼，都说："您好好活着，即使您不在了，彩霞有我们呢。"

肖妈还烦恼："100多年呢，那要是你们不在了谁管她呢。"

"啊呀呀，我们的孩子们管，这世世代代还活不过个彩霞？"

肖妈听了这话，眉头的疙瘩顿时舒展开来："就是啊，这一代代传承接力着抚养彩霞，彩霞真是好命啊！"

肖妈不为彩霞以后的生活着想了。彩霞在肖妈身边生活了两年，肖妈每天都要教她学说话，这七百多天，彩霞就学会了两句。一句是：边儿去，不喜欢你。一句是：你好，你真帅。这不是太骚了吗？说这话还有原因。彩霞看见女人都不喜欢，即使是美女也不撩一眼，看到我就是那句，边儿去，不喜欢你。这话搁谁听，谁也不高兴。不就是一个鸟类，还这样势利眼，奶奶的，我还不看你呢！彩霞才不管你说什么，头抬得老高，偶尔在横杆上踱步，也是气宇轩昂的样儿，我太不喜欢她的那种高傲自大。

一个鸟类也会骚了吧唧。你瞧瞧彩霞，一见到男人就像打了鸡血，一下子就兴奋起来。"你好！"这是见到一般模样的男人，一看到年轻又帅气的男人，她就更来劲儿了，你好后面还补充上三个字"你真帅"。她这时候一定在横杆上不住地走来走去，骚眉弄眼。还自虐地不断地用她的喙，啄着脚上的银色的铁链子，啄一会儿看看帅哥，再啄。这分明是要挣脱束缚，想跟着人家私奔的节奏。谁看着她那样都是又心痛又好笑。

肖妈和老头子看着她在帅哥面前不断挣扎的艰难样子，难过极了。隔壁的老李悄悄地跟肖妈说:"彩霞到了青春期,给她找个雄鹦鹉配配,要不看把孩儿憋疯的。"于是肖妈四处散发着给彩霞找对象的话。不几天,有个老头拿了一只纯绿色的鹦鹉过来了,鹦鹉个头比彩霞大,身体也壮实的很,最主要的是,人家会好多话,那小喙一张,曲儿也出来了,脖子一吸一鼓,"我爱你祖国……"肖妈一听,立马说:"我孩儿名花有主了。"人家要把彩霞接回自己的家,让两小东西度一段蜜月。肖妈想啊,彩霞要离开一段时间,她心里有几分苦涩。问那老头,"为啥不能在我们家度蜜月?"老头说:"这是按常理出牌,不过分。你要想通了,不行带点嫁妆也行,这样心里也就好受些。"

彩霞要出嫁了,肖妈给彩霞准备什么嫁妆呢?思来想去,给她准备了她喜欢的粮食,还有零食,还有一个温暖豪华的窝。送彩霞的时候,肖妈突然给彩霞当起了妈。她说:"霞,今天你就要出嫁了,妈妈舍不得你,可是这是习俗,你也想出嫁呢是吧?"彩霞似乎听懂了,"你好你好……"说个没完,两眼看着肖妈。

肖妈又说:"孩子,你要好好吃饭,不要把自己饿着了,离开了妈妈你要保护好自己。"肖妈说着,抹起了眼泪。肖爸看着,把她拉回了家里:"行了,不就是去几天的时间,过些日子还回来呢。你看你,没出息。"

肖妈还哭着,那个绿鹦鹉的主人和肖爸说完话,向屋里探着脖子说:"彩霞妈妈,我们走了啊!"等肖妈回过神来,那人已经带着彩霞走出了很远。

彩霞被嫁了出去,虽然嫁得不远,毕竟肖妈每天见不着了,她让老头去绿鹦鹉家看看啥时能回来?老头摸着她那花白的头发说:"出嫁了就让她好好待着,该回来的时候人家就送回来了,别担心啊。"

半个多月过去了,彩霞还没有送回来,老两口都沉不住气了,一起去了绿鹦鹉家。一进门,呵,彩霞和绿鹦鹉一晌贪欢啊,看到主人进来都没有注意到。肖妈跑上前叫着:"彩霞,妈妈来看你了。"这时候,绿鹦鹉开口了"你好,欢迎光临寒舍!"之后又唱起来。彩霞这时候才慢吞吞地说:"你好!"彩霞明显不高兴,把头埋在翅膀下的毛里,不理不睬他们俩口子。老两口一看这气氛,高兴了,"彩霞啊,看来你不想回家了!"彩霞像听懂了"你好,你好!"欢快地叫了起来。绿鹦鹉的主人说:"他们在一起很高兴,你看,他们玩得多高兴啊!"

肖妈用胳膊碰了碰肖爸,挤了挤眼,意思让他说正题。肖爸稍微点了一下头,咳嗽了一声,清了清嗓子:"老朋友,你说我这次来能把彩霞接回家去吗?"

老头笑着说:"能了,要是彩霞想过来再过来就好了。"

就这样,在天空飘霞的夕阳下,老两口把彩霞接回家了。

彩霞到家第一天还好,不叫不闹,吃吃喝喝,可是,第二天就变脸了。她不吃不喝,就重复那一句话"边儿去,不喜欢你!边儿去,不喜欢你!……"老两口听着,着急了,彩霞还是那句话。情急之下,肖妈骂了她一句:"没出息,没良心!"彩霞开口了:"没出息,没良心!"

"哎呀我的小祖宗,我教了你七百多天,你就学会了两句半,这没去人家几天,你还真长本事了啊?"

"长本事了啊!长本事了啊!"彩霞学着肖妈。

但是,就是这样,彩霞还是不吃不喝,任凭肖爸肖妈如何善待,她还是把头埋在翅膀下,闭着眼睛不瞧一眼。

肖妈没办法了,让老头子又把彩霞送到了绿鹦鹉身边。听老头说,彩霞一见到绿鹦鹉就泛活了,又是啄人家的羽毛,又是碰人家喽。临走的时候,老头子说了一句:"嫁出去的女儿,泼出去的水,完了,完了,彩霞不想我那个家了。"

肖爸没有把临走的那句话说给老伴儿听,还是安慰她:"孩子想那个家,就让她在那里待着吧,只要她幸福快乐了,咱们就快乐,你说。"老伴儿听了,含着泪点头。

彩霞再没有回到肖妈身边,只是他们开始隔三岔五地去看看她。后来彩霞看见他们来了她也不高兴,老两口索性就隔一个多月才去看看。再后来彩霞当了妈妈,他们就隔的时间更长了。

再后来,我知道肖妈和老头子不去看彩霞了。但是这时候,她家从狗市上买回来的"小不点"却一下都不舍得离开他们,每天忠实地陪着他们,还替他们在买菜的时候提篮子呢。只是,小不点不是小不点,成了一条体型硕大的家犬。不过,它的名字还叫"小不点"!

因为有你

流年追忆

匆匆那年

/ 1 /

遥远的记忆就这样缓步走近，原本从容的姿态不再从容，原本模糊的事情不再模糊。

老米满眼含泪地诉说着：如果那一天，我不曾和她相拥，那么我将不会有那份痛苦，那份悲伤，那份饱含泪水的回忆。然而，若不是遇到她，我也无法体会到这份愉悦，这份心动，这份珍贵而又充满幸福的感觉。这就是初恋吧。

一九七一年的夏天，对老米来说那将是个

难以忘怀的季节。对秀花来说，那更是终生难忘的日子。

几天的连阴雨下个不停，秀花妈坐在炕上不住地唠叨着，秀花爹在地上来回走着，手里的烟头已经燃到了手指边，他深深地吸了一口，扔掉了那个烟屁股，狠狠地用脚在地上拧了一下。

"秀花，走，爹领你去再找找米主任。借米不怕丢半升，爹这辈子，不为你为谁？"秀花爹拉着秀花就往外走，两人顷刻间消失在雨里。

秀花这年十九岁，她爹当了半辈子的工人，最近半年的时间，有两个没他工龄长的工友把自己的孩子转成了市民户，并且还在城里招了工。这让活了半辈子的秀花爹坐卧不安了。他回到家里和老婆说起了这事，老婆就开始说他窝囊，他自己也觉得挺窝囊的。

秀花爹其实一点都不窝囊，只是他舍不下那张脸，总是怕让别人碰到不好看，也怕给别人添麻烦。但是，他架不住老婆天天唠叨，听听，又开始了。"你说你，计划生育的时候，你就一马当先地响应了，厂里谁都是两个孩子，只有咱们是一个孩子。不是说好给优惠政策吗，那就问问去，怕啥？"

"嗯嗯，我不是怕人家给咱们办不了吗？"秀花爹慢慢地说着。

"你怕啥，你去问问不行？"秀花妈催促着让男人去问。

"不是问过人家了，说是不好办，让等等。"

"等啥等，你没看见你那两个徒弟的孩子都办成了市民户，都上班了，还等。"

秀花爹沉默地坐在炕沿边，不停地抽着烟，手指头熏得黄黑黄黑的。

秀花妈掉过头去，抹了抹眼泪，撇着嘴什么都不说了。秀花在地上编着网兜，一言不语，她不知道说什么，也不会安慰爹妈什么，只是低着头干着活儿。她其实更想成为市民户，更想成为一个人人羡慕的城里人。

秀花和他爹浑身湿漉漉地站在米主任的家门口。米主任还没有出来，只听得屋里的脚步声走来走去，秀花爹不敢敲门。他这是第四次来米主任家了，那几次米主任都说这事不好办，需要等着机会。这次，他又来了，他甘愿就这样在雨里淋着，等着主任出来。

门开了，米主任撑着伞出来了。"呀，老张，你怎么又来了，来了怎么就在门外站着不进来呢，这大雨天的，快，快进来。"米主任看着雨里的老张和秀花，惊了一下说道。

"不不，米主任我不进去了，我就是来说说孩子转户的事，你看能不能……"没等秀花爹说完，米主任就说："不是那几次就和你说了吗，不好办，等机会。""扑通"的一声，秀花爹给米主任跪下了。

"老张，快快起来，使不得，使不得。"

"米主任，就我这张老脸了，求求您给她想想办法。"

雨肆意地冲刷着秀花爹，秀花看着他爹可怜可悲的样子，一下子也给米主任跪下了。

老张渴求的脸在雨水中苍白着，两眼浑浊不堪，眼泪与雨水混杂在一起。米主任在雨里愣了几分钟，突然他说："老张，起来吧，我给你办，你明天就去开户吧。"顷刻间，秀花和她爹如释重负。

米主任撑着伞走了，秀花和她爹也在雨里一前一后走着，彼此心里都在喜悦着，也为那一跪哭着。

雨，还在下着。

路，泥泞不堪。

第二天，天晴了，秀花和她爹去了米主任办公室，办理好一切手续，又一次感谢了主任的大恩大德。之后，回家等着城里的招工。

这年的七月，秀花被市里的机械厂招进去了，进了铸造车间。也是在这一年，米主任的儿子小米也进了机械厂的铸造车间，成了一名锻造工，当年的锻造工就是打铁。小米和秀花成了同事，秀花心里涌起无数的浪，她觉得自己真的好幸福。

他们第一次单独在一起，秀花看着小米，好久一句话都没说，她不知道说什么，就那样一言不发地看着眼前这个恩人的儿子。小米也不知道说什么，看着眼前这个女孩子，感觉就像个姐姐坐在身边陪着他。许久，秀花说话了："小米，你身单力薄细皮嫩肉的，在铸造车间能行不？"

小米是个男人，再怎么身单力薄总不能在一个女孩面前示弱，于是说："那咋不行，别人能干的事情我就能干。"

从那以后，小米在铸造车间里，抡着三四十斤的大锤，磨着七八十斤的齿轮。并且在不忙的时候，还给车间出一块板报。小米的宋体字写得好，图也画得不赖。工友们都说小米这小子别看身板儿单薄，可这才华出众啊！每到这时候，小米总是心里美滋滋的。不过还有让他更美的事情。隔一天，秀花就来看他一次，每次来的时候，总是手里拿了好吃的。在那个年代，吃的那样匮乏，秀花总是变着法子给他拿桃子、糖块、核桃。他那时只感觉秀花是他的姐姐，不过，秀花也确实比小米大一岁。

"小米，看你的秀花又来了，又给你送来啥好吃的？"工友们看到秀花都开这样的玩笑，但是那个不开化的小米却始终把秀花看成了姐姐。他可以在姐姐面前撒娇，也可以在姐姐面前无理取闹。秀花就这样任着他的性子，倾听着、开导着。就这样，一年的时间过去了。

/2/

第二年春天，厂子里进行技术交流，技术科长看到板报上漂亮的宋体字，问起这是谁写的，工长说是小米。第二天，小米便被抽到技术科做了描图员。那天,小米和秀花两人在一起庆祝了一下。他们高兴之余,手牵在了一起,紧紧地紧紧地握着。秀花看着小米,眼里的泪落了下来,小米也高兴地哭了。秀花将小米搂在怀里,像在搂着一个弟弟。小米就这样不作声地伏在她的怀里,不挣扎、不乱动。那天,小米感觉到了女人的温存,他的脸就在秀花的胸前贴着,他觉得软软的,他不想离开,他想钻得更里一点,但是,他没有。

小米在技术科干了一年的描图,觉得没有意思,虽然清闲,但是越来越感觉这活儿不是男人干的。于是,他申请要下到车间当一名钳工。科长看着他说:"呵呵,小子有点意思啊,放着清闲不干就要到车间受苦呢。"小米说:"我想在车间里再锻炼锻炼。"

"那好,那你给找个能干了你这活的人吧,接替了,你就可以走了。"

小米听了,满心欢喜。他想,平时没事干就教秀花写宋体字,不行让秀花试试,那不是两全其美了。果然,秀花被技术科选用了,这天又是一个好日子,皆大欢喜的。小米与秀花在宿舍里又一次抱在一起,爱不断地升温。每一次小米要亲亲秀花,秀花总是躲避。这样好多次,小米心想,秀花还是把他当弟弟看了,要不怎么从来不让亲亲呢。

一天,小米接到了母亲的电话,让他回家一趟,从家回来,小米订婚了。

母亲托人给他介绍了一个姑娘,这姑娘叫玉莲,是公社团委的播音员,人也长得不赖,大辫子,一甩一甩的。小米第一眼就看上了人家,玉莲也对小米有意,两家一拍即合,隔了几天就订婚了。小米在订完婚之后才去上班。这一次到厂里,他彻底地把秀花当成了姐姐,但是,秀花却整整病了一周。她从别人嘴里知道小米订婚了,捂着被子哭着。厂里的人们都觉得小米对不起秀花。但是,小米知道，在自己的心里，秀花总是把他当成弟弟看待。此时看到秀花，才发觉，那种经久的情感不是姐弟情，是一种爱，可能就是初恋吧。他这时候也有些迷茫，但是，他知道自己已经订婚，家里有了一位未婚妻在等着他。

秀花在不久之后，也有人给说了对象，成了亲。

缘分有时候就是这样的蹊跷，不经意间走到了一起，又不经意间滑落在了岁月深处。

小米和秀花各自成家之后，还是保持着那种姐弟的友好。可能是秀花和她的爱人说了小米一家人对她的帮助，日后，秀花的爱人对小米总是很客气。小米也就叫他姐夫。

姐夫要去省城工作，将秀花也调离走了。小米虽有所留恋，但是还是从内心里祝福着他们。

此去经年，小米和秀花各自忙碌着家庭和工作。

二十五年后，小米已经成了老米，他的姑娘结婚了，在这个大喜的日子，出现了两位久别的故人。秀花和她的丈夫来了，老米一时不知道说什么，只是和秀花在众人面前紧紧地抱着。这是一种久违的感动，久别的重逢。

那日，天降大雪，已是花甲之年的老米倚在窗前，看着漫天的飞雪，心里一阵阵曾经的美好涌来，他喝了点小酒絮絮地说着从前……

看见美好的过往

在送曹乃谦老师回老家应县下马峪村的时候，我们一路聊得很开心，听他说话，就像在读他的文字。很亲切，很热闹，很近也很远。

我听着听着，就想到了在泥洹寺里，悄悄地探出个小脑袋看善缘和尚的那个他。那个怕母亲的孩子，别的小孩在街头巷尾玩着，他却在桌子上一遍又一遍写着作业。那个在姥姥村跟着教书先生，拿着书摇头晃脑地背书的他。那个长大后当了煤矿工人，后被音乐改变了命运，又被文学塑造了人生的他。那个在相爱的人面前得到一句："我不管，你问我二姐去哇。"之后骑着自行车大汗淋漓地去寻求幸福答案的他。那个在生病之后，依旧用文字记录人生的他……

曹老与我父亲同岁，这对我来说就有一种自然的崇敬之情流淌在心里。他们有着相同的人生经历，都是共和国同龄人，都是高二的时候遇上了"文革"，都在青年时期下过煤窑，都多才多艺，都有忍辱负重的牛的精神（都属牛)……太多的相似之处,我坐在他身边就像在父亲身边听讲故事,听他诉说着曾经的美好过往。

　　他每讲一件事情,我就在脑袋里搜寻着他在文字里描述过的那些人物。真的是一模一样,那个二傻、表哥、常吃肉、郑老师、存金、方悦……他笔下写得最多的就是他的母亲,这也是他和我说得最多的。母亲的坚韧、淡定、力大无比、胆大心细、严厉、慈爱,到最后母亲有点疯疯癫癫,一阵儿一阵儿的。但是,即使是在母亲病情最严重的时候,她还是不忘记自己的儿子,不忘记曹老这个独苗苗。

　　曹老说他母亲的时候很严肃。他说,他母亲在疯癫状态下,硬要拉着他回一趟老家下马峪。他因为从小到大就怕他妈,只好服从。其实,他更怕他妈回下马峪找他的叔伯大哥闹事,但还是领着回去了。回到下马峪之后,曹老的心一直都抱着个疙瘩,他在母亲的身后跟着。母亲到了他大哥家,就站在院子里,大声喊出了他大哥,正儿八经地告诉他:"曹成谦你给我听着,我死了以后,你要帮着曹乃谦把我埋了,以后你要好好地照顾他。听见了没有?"曹老的大哥站在院子里,听着老人家的训话,忙点头说:"五大娘,那是肯定的,您儿说这些干啥,快进家。"老人没有进家,听完大哥表态,扭头就走了,曹老也连忙跟着又回去了。

　　就在这件事之后的一年多,曹老他妈又干了一件让他至今不敢违背的事情。他妈让一个亲戚拿自行车驮到了善缘师傅的坟前,她沿着善缘师傅的坟堆转了一圈,拾了一块椭圆的石头,拿回了家。他妈把这块石头洗干净,供在了水缸上。当曹老一回家,他妈就叫他给这块石头磕头。他一头雾水,迷茫成一堆了,他妈说了:"这块石头就是善缘师傅,以后我不在了,有他保佑着你。"他抬起头看看那块石头,还真有点像佛的模样。并且从那时候起,他妈还让他每天给那块石头上香。他因为不敢违抗他妈的命令,直到今天,

作者和著名作家曹乃谦先生及其夫人

他还给那块石头烧香磕头。

曹老说着，沉默不语了。我想，他一定想他母亲了。我慢慢说："您儿妈真有两下子，她在年轻的时候把您儿偷到自己的家，精心把您儿打造成了一个著名作家，一个获得诺贝尔文学提名奖的作家。中国14亿人口，算上莫言也只有三个人拥有这样的荣誉。在她知道自己要离开这个世界的时候，她心里只有一个人牵挂着，无法割舍，就是您儿。于是您儿妈就又把您儿还给了曾经的那个生育过的家，让您儿又回归到了一个有温度，有亲情的大家庭。再有就是那个曾经很爱您儿的善缘师傅，他早已幻化成了佛，您儿妈把他请回来，再一次让他保佑着您儿，平安健康。"

曹老听着，不住地点头，后来微笑了。我知道，他也是这样想的。一个母亲的伟大举措，总是因为她的心里有着一个她无法割舍的孩子，让她深深地牵挂着。不论孩子多大，母亲多老。

曹老多才多艺，他会的乐器太多了，这次回下马峪他在短信里说要拿四件乐器，后来没拿热瓦普和马头琴，只是把口琴和箫拿上了。不是拿上，是这两件乐器本来就是他的随身携带物。箫，我称那是拐杖箫。因为这个乐器也是曹老的拐杖，口琴那是他任何时候都带在身边的乐器。他说他怕大嫂身体不好，又要给他做饭，他不敢拿了。他原话是这样说的：「我以为大嫂腰疼了，回来才发现没事情。我临走的时候还怕我万一拿上了，一高兴手一痒，就弹起了热瓦，大嫂嘴不说心说：我这么难受你还高兴地弹？」曹老边说边比画着弹琴的动作，脸上洋溢着幸福的笑容。那一瞬间，我觉得音乐真是个纯粹的艺术，它真的可以熏陶到一个人的灵魂深处去。

我给曹老把口琴和箫拿过来，他瞬间就沉浸在了音乐的世界里。我不会唱，也不会吹，但是还是被他悠扬的箫声，欢快的口琴声，感染了。我随着口琴声，哼起了「田野小河边，红莓花儿开，有一位少年真使我心爱，可是我不能对他表白，满怀的心腹话儿没法讲出来，满怀的心腹话儿没法讲出来……」

不论是听曹老说曾经岁月，还是听他的乐器旋律，我看到的都是美好的过往。

曹老操纵着他的文字与旋律，他与世界的交流依赖于文字，依赖于音乐，文字与音乐成了他与这个世界沟通的重要通道。但愿，这一段在下马峪小住的时光，让他又回忆起过往岁月里曾经的美好。

偷梨

十二岁那年的暑假，干了一件这辈子最心跳的事情。不用在回忆中搜索，每一次想起来，当时的画面都直接能跳到眼前。不过，现在肯定不再心跳，也用不着沉思。

慧莲的家离我家很近，就隔着一条马路，她比我学习好，原因是她比我认真。她也是我们村里我唯一的好朋友。我们总在一起学习，我总抄她的数学作业。慧莲她爹很有能耐，不知道每天在干什么，反正我一到她家，她家就吃肉，还有米饭。白米饭上面舀一勺肉块和肉

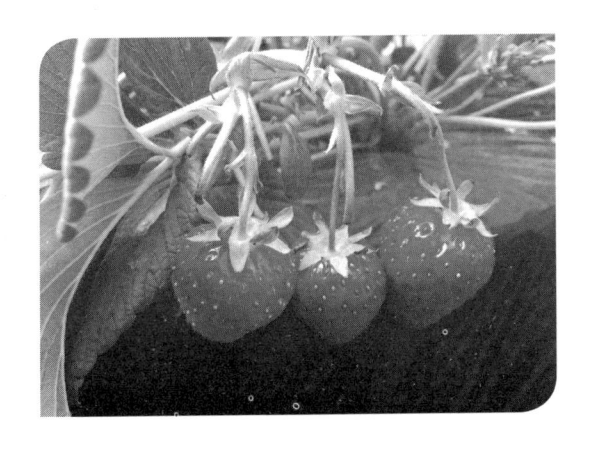

汤，我看着香得直咽唾沫。之后，我就会很识趣地到院子里等着她，直到她把那喷香的米饭和肉吃完。

就在暑假里的一个下午，我和慧莲约好了要去张玲家，到了张玲家也就是五点多。张玲说领着我们到区委大院里看梨树，我俩都好奇，跟着就去了。我那时真的没见过梨树，更没有见过结着果实的梨树。

路上，张玲很神秘地说："哎，我跟你俩说，区委大院里的梨树，春天开的花是白的，满枝头的花朵，就像雪花落满了树。"我脑袋里想象着冬天下雪时，雪花挂满枝头的洁白模样。嘴里不住地问着："真的？真的？那现在是啥样？"张玲很神秘地摇着头，左右腿来回跳着，做着骑马的动作，边跑边回头说："现在，现在早就落光了。"突然她停了下来，两只手搭在我俩肩上，严肃地说："现在的梨树上结满了一个个的大梨儿，黄绿皮，哎呀，真香、真甜、真嫩、真脆。"

听张玲说，我不住气地咽唾沫。

"想看不？"

"想，肯定想。"我说着，还流出了哈喇水。

"那肯定想去看。"慧莲看着张玲说。"你能进去？"我俩同时问张玲。

"能，我爸就在里面上班，就说找我爸呢。"

我们高兴地跑着，想快点看到梨树上一个个黄绿的大梨。

当时的区委大院，真是离我们的生活好像很远。我觉得，那就是个很神圣也很神秘的地方。我从来没有想过进这样的地方，这次能进去，心里当然高兴得无以言表。

跑到门前，果然被看门的大爷给拦住了。张玲上前去说："爷爷，我找我爸。"

老头看了看是三个女娃娃,也就什么都没说,手往外一摆,"去吧,去吧,一会儿就出来啊!"我们正要往里跑,老头又把我们叫回来:"哎,哎,你们回来。"

眼看着就要跑进去了,我用眼睛的余光看到了东面一大片果树林,上面真的有一个个黄绿的"小灯笼",那一个个"小灯笼",召唤着三个对它们感兴趣的孩子。听着老头的呼喊,我们又乖乖地跑到了人家身边。

这时候,老头脸上没有笑容,肉是横的,声音高了八度:"告诉你们啊,千万不要进果园里猴害,让我逮住了,敲断你们的腿!"

听了老头的话,张玲说:"我找我爸,又不是去果园猴害。"老头这下子高兴了,脸又恢复成原来的样子,笑眯眯地又一摆手:"去吧,去吧。"

这次我们跑的时候,老头那条拴着的大黄狗"汪汪"地叫起来。我回头一看,好大的一条狗,脑袋蓬松着,牙龇着,眼睛很凶狠地看着我们。张玲说:"拴着呢,快跑。"我们一撒腿,顷刻间在楼房底下转了个弯儿,就拐到了果园的东墙下。

我们蹲下来,喘着粗气,我那时候的心跳得可厉害了。眼前就是梨树,一抬头上面就是一个个诱人的大梨。不知道谁说:"咱们就摘一个尝尝。"我慢慢站起来,伸手就是一个,又蹲下来。三个人一人一口地吃着,那个香呀、脆呀、甜呀。我想,那可能是在那个年代里吃到的最香甜可口的一个水果。那个梨的核儿,也被我们仨分着吃了。就剩棕绿色的梨把子在我的手里还捏着,不舍得扔掉。

三个孩子,最终还是没有经得住眼前的诱惑,蹲在那里好久,终于我们站起来摘了几个梨放进自己的背心里。

从东墙边上,鬼鬼祟祟地移动到路边的时候,那条大黄狗又开始叫了。我想她们俩的心和我一样,狂跳着。看见看门老头出来了,

65

因为做贼心虚，我们立马就往外跑。这时候，老头大喝一声："是不偷梨了？三个小兔崽子，爷爷今天逮住你们敲断你们的腿！"说着就开始追我们。

大黄狗狂叫不止，老头不住气儿地骂着、追着。我们三个边跑边把梨扔到了地上，一个都没剩。

跑到一个拐弯处，张玲把凉鞋掉了一只，停了一下,想返回去捡。一回头看见了老头，吓得一扭头光着一只脚丫，撒腿就跑。我们一直跑到了离区委大院很远的文化馆女厕所。在厕所里待了好长时间，听着外面没有任何动静，三个人才把心从嗓子眼儿里放下来。

这时候，天已经快黑了，外面大街上更静了。张玲看着那只光脚板儿，开始哭起来了。我低头看到她的脚底板儿渗出了血，大概是让玻璃扎破了。张玲边哭边说："我回家咋跟我妈说鞋哪去了呀？"我和慧莲也替她担心，但是也想不出个什么好主意来。

天越来越黑，我们从厕所挪移出来，觉得老头肯定不在外面。一看，果然不在，心一下子轻松了许多。厕所外面就是个大土堆，我们坐在上面。张玲还在哭，一种恐惧感一下笼罩在我心头。开学就要升初中了，我好害怕那个看门的老头到学校去告我们，到时候我们就都成了偷梨贼，学校肯定不要我们了。我把这话跟她们俩一说，三个人抱在一起就哭开了，没有一点办法。

眼看着天已经彻底黑下来，星星也开始眨眼睛了。我们坐的这个土堆离张玲家最近，她说："要不回家哇。"我和慧莲也点头答应。

张玲走了，穿着一只鞋，没鞋的脚板点着地。我和慧莲顺着大路走在回家的路上。我俩没说一句话，各想各的，我不知道她在想啥。我反正就想着开学咋办，让我妈知道了又咋办。

我平时在家里从来不给我妈惹事，我妈也从来没有打过我，即使骂也很少。问题是今天我惹事了，我妈成天连谎都不让我说，更别说偷东西，这要是让我妈知道了，可摊上大事儿了。

回家后，我灰溜溜地悄悄地进了家，乖乖地从柜子上把书包拿在手里，搬了炕桌，一声不吭地开始写作业。我妈看见了问："到哪儿耍去了，才回家？"

我低声说："在慧莲家。"

我妈一下子声音亮了："我去慧莲家找你，你俩都不在，你咋瞎说呢？"

我头皮一下麻酥酥的，以为我妈知道我干坏事了。

我妈又说："耍的连家也忘回了，以后不许这么迟啊！"说着我妈给我端上了饭。

我一看我妈不知道我们干坏事，心里的那个疙瘩又"通"地一下跌进了肚子里。看着饭，我一点食欲都没有，又怕我妈看出我做了亏心事，就假装很饿，一口气把那碗搁锅面吃进去了。

我妈看着我吃得挺香，说："看看这，饿成狼了，还有呢，妈再给你盛一碗。"我一下子傻了，就这碗进肚子，我都快往出吐呀，我根本没有心思吃饭。忙说："妈，我不想吃了，吃饱了。"

"哦，吃饱那就别吃了，妈以为你还想吃呢。耍得乏的，去洗涮洗涮睡哇，不要写作业了。"听着我妈的话，我泪一下子又涌了出来。幸好我妈拿上碗筷出去了。

我妈对我这么好，我咋就能偷东西呢？开学咋办呀？

那天夜里，我做噩梦让那条黄狗给咬了，咬住了我的小腿肚子，我抱着小腿哭醒了。我妈被我的哭声惊醒，搂着我，依稀我好像听着我妈跟我爸说："看看这孩子，耍啥了这是，乏成啥了，半夜还发癔症。"

那个暑假，我非常老实地在家里待着。偶尔和慧莲见个面，说得也是担心开学那个老头告到学校咋办呀。

我怕时间过得太快，又盼时间快点过。怕是因为要是开学了学校知道我们偷梨的事把我们开除了，盼是因为快点开学，看看老头到底告我们了没有，要是平安无事，那就谢天谢地啦。

我们三人那天分手的时候，六只手放在一起发过誓：这件事，这辈子谁都不去说，一定要烂在肚子里！我知道，这件事肯定不会有第四个人知道，除了那个老头。

那个暑假我被熬煎得似乎长大了。我妈逢人就说看看我家孩子，小学一毕业就长大了，听话，乖巧，懂事。其实，我心里藏着个鬼呢，压得都快喘不过气了。只是自己知道犯了错误，没心情瞎蹦跶。

终于熬到开学，那颗心又要蹦出来了。我们三个人还分到了一个班，那才叫个巧。我们三人在课下，头顶头坐在远离同学们的地方，相互看着，谁也不说话，谁也不知道说啥。就这样坐着，看着，还在焦灼不安地等着。

班主任是个男老师，很年轻，说是欢迎同学们在一起度过这三年的美好时光，其他什么也没提。我们课下悄悄地溜到一起，松了一口气，班主任肯定不知道这事情，感谢老头没有告诉班主任。但是，我们还担心学校开大会。开学典礼了，主席台上坐着两排人，我们三个在底下共同怀揣着一个忐忑不安的东西。上面的两排领导我们看不清有谁，我那时就怕看见那个老头也坐在上面，她俩估计也是这样想的。

我们三个的脑袋都低着，一听到说，下面由谁谁谁来讲讲什么，就不约而同地抬起头看看是谁。就这样，这个漫长的会议仿佛让我们熬煎了半个世纪，最后终于结束了。

那天会议后，我们仨没有进班，撒腿就跑到了操场的一个角落，坐下来，互相安抚着，说着，没事了，没事了。我们像极了刑满释放后的人员，那天，我们仨又都哭了，是哇哇地大哭。我知道，我们都后悔极了，等待得很苦很苦。哭完，我们擦干了眼泪，向教室走去。

抬起头，我看到天蓝蓝的，高远的，有几只鸟掠过我们的头顶，向远处飞去。

时隔三十四五年，再次想起那次做贼心虚的困境，禁不住想笑。回放那个片段，其实那个看门的大爷当我们把梨扔掉之后，人家就不追我们了。老人家咋能知道我们是谁呢？又哪来的时间去追究几个不懂事孩子的责任呢？只是一个十来岁孩子做了亏心事心里怕得要命罢了。

至今我都不知道张玲是咋向她妈交代丢鞋的事。不过，这件事，着实让我的心智成熟了不少，最大的教训还是再不敢去做坏事了。

丑橘

正是丑橘上市的季节，街面上隔不远处，就可以看见一小车一小车堆的如小山似的黄灿灿的丑橘。

前几年我就见过丑橘，但是一直没吃过，觉得那家伙外形不大好看，里面还能有多好吃？就是站在丑橘面前，也从未动过吃它的心。再说，我对新奇的水果总是不大感兴趣。就像榴梿、阳桃、波罗蜜等等一些有着异味的水果，闻着就反胃，更别说吃了。

那天买了苹果之后，卖水果的老大爷满脸皱褶，眼睛却笑盈盈地对我说："姑娘，我这丑橘也好吃，不行你尝一个。"说着他就用满是皲裂的双手掰开一个。

"这怎么好意思，买几个，您给挑。"

老头儿没给多挑，只选了三个，说是吃好了再买。

第一次买丑橘，看着它丑陋的外形，拿回去就随手丢在了一边。等到晚上回来时，身心疲惫，再加上那些日子天气陡然间热得很。于是就把早上丢在一边的丑橘拿起来。

剥开皮的时候还是对它没有抱太多的惊喜,只是想着解解渴。

丑橘的皮和果肉连得不是太紧密,三两下橘瓣就蹦出来了。味道还可以,漫不经心地放入嘴里,咀嚼之后,那种从未想到的甜与酸一起占据了我的味觉。丑橘原来这样鲜嫩甜美。

爱,源于味蕾,说爱就爱了。

从那次开始,天天都要吃一两个丑橘,并且对它赞不绝口。吃着它,甜在心里,脑袋里总是要想起这样的一个人,她很像丑橘,却在流年里,给了我最深刻而甜美的记忆。

那个像丑橘的她是我在小学时候的一位语文老师,姓董。她身高只有一米四多,当时同学们给她取了个外号叫"根号二"。那年月,我不知道"根号二"是什么意思,同学们也不知道,只是在私底下悄悄地这样叫。不过我没叫过。

董老师个子不高还胖胖的，走路很慢，头喜欢低着，好像总在思考着什么。她对我很好，我对于作文的爱好，大概就是从她夸我开始的吧。

那是个阴天，我从小到大心情总是受着天气的摆布。我是喜欢雨天，下雨有声音，好听。可是对于阴沉沉的天气，我是最讨厌不过了。

董老师走上讲台，她说要让同学们写《我的妈妈》这篇文章。当时，我和父亲在矿上，母亲和弟弟妹妹在农村。一说起妈妈，我的那种思母之情一股脑儿地涌上心头。

那些年，我因为不在妈身边，总感觉比其他小孩儿缺了很多东西。性格也不开朗，尤其在星期天看到同学被妈妈领着，我总是把眼睛聚焦在那位妈妈身上。现在才懂得，那是在寻找我妈的影子。

我思如泉涌，带着那种思念，把我妈从心里跃然纸上。

那篇文章，董老师在全班念了，私下里还说我在写作上一定会有出息。就是她的那句话，激发了我对语文的兴趣，也加强了我对作文的喜欢。那时候仅仅是喜欢，根本不知道在作文之外还存在文学一词。

我如同一只孤寂的雏燕，找到了方向。自从董老师表扬之后，心里如同注入了一股暖流，自信随之而来。对于成人之后我要做什么，当然不是那个年龄的我能想到的。但是，董老师的鼓励就是细雨春风，她激发了我对文字的热情，也随之播下了写作的希望种子。

我觉得爱好是信仰，它来自内心世界对所喜好事物的至高无上的爱，这种爱就是一种信仰，也是希望。

吃罢丑橘，我用它的皮做了个灯笼，将蜡烛点燃，那满满的笑里映着我记忆中董老师微胖的脸。

再剥一个丑橘，灯光下，那丝丝缕缕的甜，随着思念滑入我的心间。

万物的皮囊都定义不了其实质的美。

念及董老师的好，念及她对我此生的鼓励。一直以来都觉得她好美，她的一颦一笑都灿若夏花。她有母性温暖的情怀，有良师灯塔的光亮。吃着丑橘，想着那些过往岁月里的最美，董老师的好便从笔端流淌着，就像那丑橘，甜得丝丝缕缕。

杨梅

在大十字街住着的时候,一个单元就我们六户人家,但是我那时像梭子一样穿行在家和单位之间,两头都不见太阳。终于熬到假期了,我又像游龙一样陪着孩子奔走在各种学习班,渴望着孩子成为一个全能型人才。楼道里住着谁,我从不去关心。

一个周末,在楼梯上遇见了邻居,一个操着南方口音的女人。微胖,脸圆润光洁细腻,头发散落在肩上,眼睛里都是笑意,很灿烂的那种。她拎着垃圾,穿着淡蓝色的家居服,我们边下楼梯边聊了几句。

"姐，你上班很忙的。"她的眼睛瞅着我，虽然身体有点胖，南方人的那种娇美还是掩饰不了，很清爽。

她把垃圾扔到垃圾桶，我在楼下等着孩子，准备去学习拉丁舞。

"平时上班是很忙的，最近放假了，孩子学这学那，闹得我的头还是大啊，忙得不亦乐乎。"

"姐，你喜欢吃杨梅吗？"她嘴唇那样红，却不是涂了色儿的样子，牙齿很白很齐。

我一听说是杨梅，口水担心掉出来。不是想吃，而是因为酸。

那时正是杨梅下来的季节，前几天我刚好买了杨梅，那个酸啊，牙都让酸到无法咬东西了。一听她说杨梅，那种酸劲儿又上来了。

"哦，喜欢是喜欢，只是太酸，我牙受不了。"

"姐，我老家的杨梅不酸的。"她眼睛温和地看着我，我有些不知道如何回答她说的话了。

"你老家是哪儿的？"

"浙江萧山。"

说起萧山，我对这地方不是太了解，但是说起萧山的杨梅，我小时候就知道。从书本上看到了萧山杨梅个大，色泽鲜艳，味道鲜美。具体个大到啥样，色泽好看成什么，味道如何值得回味，我是隔着文字了解了它的香甜，从来没有见过，更别说品尝了。

"姐，我给你拿点杨梅吃。"她笑盈盈地看着我，我有些局促不安。这从来不说话，人家给东西是要呢？还是拒绝。看着她那透亮的眸子，脸颊上飞起的红晕，我觉得我不能拒绝。

"行。"

孩子下来了，"阿姨好！"她很欢快地和邻居打着招呼。"走，我上去给你们取杨梅。"她开了楼宇门，孩子没有任何顾忌，"杨梅？阿姨给我杨梅，哈哈，我爱吃。"童言无忌，我们一起上了楼。

她端出来一大盆杨梅，孩子很兴奋。我看着这么多杨梅，说是要少拿点就是了，在楼道里推脱了好一阵，还是没有拗过她，把一大盆子都端回了家。杨梅真是个大、色美。洗了十来个，装在袋子里，急急忙忙去送孩子。路上孩子吃着，不断地说着，"好吃！好吃！"。她往我嘴里塞了一个，呵，那个甜啊，清爽啊，果肉细腻饱满。满嘴都是杨梅的芳香，十来个杨梅一会儿工夫都进了我俩肚子。但是，嘴巴还在吧嗒着，回味着。

　　回家后，满家都洋溢着清爽甜蜜的杨梅味道。继续品尝着杨梅，眼前是邻居甜美的笑容。

　　之后的很多年，我们都在一起住着，年年杨梅下来的时候，她都要给我们几户人家送一盆子新鲜的杨梅。以至于市场上的杨梅我们都嫌弃它个儿小，味道不好。从此一到了那个季节，我们几户人家心里都有了期盼。

　　听说每年家乡下来杨梅，老家人首先就给她寄过来，每次都是空运。远道而来的萧山杨梅让我们几户人家处得像亲戚，谁家有了稀罕吃的，总是要共享一下。

　　后来她搬走了，我们都很想念她。第一是想念她人好。第二是怀念那杨梅的味道。没想到，到了杨梅下来的季节，她如约而至，伴随着杨梅的清香，还有她那甜美清纯的笑容，我们再一次品尝到了萧山杨梅。

　　再后来她又搬家了，这次搬远了。又到了杨梅下来的季节，她隔山探海地打电话过来，说是今年没办法给我们送杨梅了，口气里有很多歉意，希望我们都过去呢。电话里，我已经看到了她清澈透亮的双眸，白皙的脸蛋，笑得很开的面颊，还闻到了杨梅的芬芳。

难忘的肥婆面馆

面食于我而言就像南方人吃米饭，是餐桌上的东道主，抑或是饭桌上的一种感情依托。是舌尖上的味道，也是我家乡的味道。

我不是个吃货，我是个吃面货。在我最饥饿的时候，想到的唯一美食就是面条。什么山珍海味都寡，唯独面食独占鳌头，无限制地调戏着我的味觉。

人大概或多或少都有点虚伪，在朋友圈我不敢晒我的饭菜——顿顿吃面，怕朋友们笑话我生活质量不高，水准太低。所以就晒文章，假装有文化。

昨晚，眼看着霞光万道染红了天际，本来想回家看看书，敲敲键盘。但是饥饿感瞬间就袭来，直接打翻了回家看书敲键盘的高尚情怀，到肥婆面馆吃碗刀削面的念头，像一个强硬的家伙，直截了当地扭转了我的心思。

嗯，好久没有吃肥婆的削面了，那滑溜溜、劲道的面条；那炸得油黄鲜嫩的虎皮尖椒；那卤得厚实美味的豆腐；那腌得脆脆爽爽的白菜萝卜干……越想越香，去，得快去解馋。步走都不行，开着车去吃。

哎？怀着一颗急切的心到了肥婆面馆的那一溜门面房，哪去了那面馆？停下车问左右店铺，相当失望地离开了。肥婆面馆不开了，肥婆的爱人得病，肥婆陪着看病去了，已经不开快半个月了。扫兴之余还是想吃面，就到其他面馆吃上一顿算了，兴许也能吃成个回头客。

到了这家面馆，人不是太多，环境不错。要了手擀面一碗，鸡蛋一个，豆腐一条，等着。翻看手机，跳在眼前的是杜老师发在朋友圈一组吃裤带面的图片，那宽面条，色泽诱人的肉臊子，馋得我直接捂住嘴，怕哈喇子流到屏幕上。这时候的肚子"叽里咕噜"开始抗争，眼馋肚饿不是回事啊！幸好，服务员端来了面条，颜色灰眯触眼，闻闻味道不是想象中的沁香，尝尝也不咋的。失落感一下子涨上来，不过还是勉强吃了。多亏是个吃面货，不然扭头就得走。

吃着吃着，难免想起肥婆的刀削面。

第一次吃她家的面是在一个冬天，外面很冷，里面也不热，但是吃面的人很多，吃完的人脸上是满足和汗水。

我要了一小碗加蛋，端上来时，除了蛋之外，上面还飘着几片绿绿的油菜。心想，这倒不错啊，有肉有蛋又有菜。一吃才让我觉得好到了极点。面，不宽不细，劲道爽滑，臊子香而不腻，用筷子轻轻一挑，诱人的香味扑鼻而入。

东方削面我不爱吃，面条太硬，进肚里感觉还硬邦邦地站立着。二板削面我也不喜欢，臊子太肥，吃完之后，嘴唇周边像套了一块儿肥肉，油腻腻的不舒服，尤其冬季冷风一吹，感觉更难受。刚才那碗面条就像喝刷锅水，不，像孟婆汤加入了威士忌。不吃可惜了威士忌，吃了后悔喝了孟婆汤。

其实在优雅的环境里吃削面是吃不出感觉来的。肥婆面馆的环境极其差劲儿，但是人们吃的时候不去评价环境，只是埋头吃。吸溜的声音超响亮，汗流得不打一处来。吃完之后还要喝一碗特别定制的面汤，嚼着腌制的咸菜，边喝边回味这饱胀的舒服，很悠长。回头看，人人都是这样，都是吃得这样酣畅淋漓。

兴许是我对面食情有独钟的原因，也兴许是肥婆的削面正好合我的口味，反正当我知道肥婆面馆不开的时候，心情异常沮丧。看着那间曾经无数次地满足过我食欲的面店旧址，感觉像突然失去了一位相处已久的老朋友。从来没问过肥婆的联系方式，只是知道她的记性特别好，那么多客人，她都知道谁不吃香菜，谁喜欢吃扒肉条。

吃完面回来的路上，我又多看了几眼肥婆的那间面店。但愿再次见到肥婆的时候，她面带笑容，问我吃大碗还是小碗？我一定告诉她，大碗的来，我想了！

不省心

跨越时间的长河,笑声依旧是那么明朗欢快。在栗恒窑村的这间小屋里,知青大哥们回想着往昔岁月,想着那时候的自己,真是些"不省心"。说着,又一阵爽朗的笑声,这笑声隔着时空缭绕在1975年秋季的乡村上空。

1975年7月15日,一辆军绿色的大卡车,奔驰在夏季的北方田野。夕阳照在车头前方,像夏季的一个热吻,火辣辣的。这是多么不可能的事情,夕阳即使离车头再近些,其实还在天涯。这和"夸父追日"有啥区别呢?是个永远的守望。风里带着热浪,载着三十七位风华正茂的青年,在夕阳里,在身后的原野上,拉起了一道长长的影子。快到了,已经看见了村庄的袅袅炊烟。

在夕阳要隐没的时候,汽车进了栗恒窑村。老书记热情地接待了这帮知青,他们手里拎着网兜,里面放着白色的搪瓷盆、水杯、军绿水壶,背上背着行李,个个意气风发。

"孩子们,你们离开父母,离开城市来到

农村，这里就是你们的家，有什么需要、委屈都要来找我，我会把你们当自己的孩子亲着、护着！"老书记说完这几句话，告诉其他人，安顿孩子们吃饭休息，今天累了，明天再具体分配任务。

夜色降临，知青们跟着领队进了房间。屋子里昏暗的只有一盏煤油灯，他们看着那点微弱的光亮，心一下子沉了下去。有人开始嚷嚷："没有电灯，这大晚上怎么过呀？"

"知青同志们，咱们整个村子都没有电灯，你们是带着一颗红心来的，从现在起你们已经是一名革命战士了，你们应该感到自豪！这点困难算不上困难，以后困难多的是，你们就是来战胜困难的！"领队一通儿豪言壮语，将这些知青们说服得不再埋怨。

但是，有人听到了低低的哭泣声，随之，哭泣声多了起来。这时一个知青跑过来说："张领队，那边几个女知青哭了。"

张领队刚刚平息了男生的嘈杂声，这又有女生哭泣，这怎么办？他的脸像潮湿的木板，绷着说："走，过去看看，这么大了哭什么？"

果然几个女知青坐在炕沿上哭泣着，一个大眼睛的知青说，她们看到了一只老鼠，吓哭了。这个女生叫张媛。张领队木板脸一下子变回来，"哈哈"一笑："这怕什么，以后老鼠就是你们的朋友，还要见识好多种小动物。"哭着的知青一听还有其他小动物，哭得更厉害了。

"停！"张领队又生气了。"还哭，哭什么哭，都是些'不省心'。明天给你们弄一只猫来，老鼠就没了。张媛，你就当女知青的队长，让她们早早休息吧，我走了。"

张领队分配给张媛任务后，自己气乎乎地走了。走了没一分钟，又回来了，"张媛，晚上从里把门插住，看风大把门刮开的，要不又要吓哭了。"张媛接受了命令，张领队这回真的走了。

一周过去了，女知青再没有哭鼻子的。但是，听说男知青里有个张书海,有一天晚上在被窝里抽泣,知青们围上来,问他怎么了,他捂着被子说:"想家,想妈了。"这一声想家了,把整个宿舍的人都给弄哭了。那一晚上,男知青不吵闹,都在被子里想家想妈。

不过时间过得还是很快,转眼间两个月过去了,他们基本上都适应了农村的艰苦生活。苦不怕,就是吃不饱,这一点着实令这些男知青们不好受。空荡荡的肚子,总是跟你闹饥荒。秋天到了,看到地里的庄稼,他们就忍受不住饥饿,总要在半夜行动起来,刨回土豆、掰上玉米,用洗脸盆在炕灶上一煮,总能混个肚圆。

一次,又是半夜,他们的行动让村干部逮着了。第二天,那个干部和老书记说了,老书记看着被刨得乱七八糟的庄稼地,有些生气了。但是,看到一个个正是长身体的大后生们,又心疼了。他叹了口气说:"粮食短缺是个问题,我知道你们肚子饿,但也不能大半夜去偷吧。从明天起,我想办法解决。"

他们这些"不省心"给老书记真正地出了个难题。不过,老书记的话没有白说,从那天起,他们的粮食又多了点,感觉不是太饿了。

秋天真是不错,没什么活,地里的庄稼不到收割的时候,白天晚上都很清闲。那天,二十五村放电影,女知青嫌远都在宿舍待着,他们一伙男知青,在李大海的带领下,雄赳赳地去了二十五村。胡星川喜欢看电影,他抢在前头坐着,其他四个人,也不是想看电影,不知道想干什么。看看村里的大辫子姑娘,想和人家凑近乎。没想到村里的男青年看见他们围着姑娘说话,就没好气地过去吼了他们几句。都年轻气盛,你没好言语,我还敢揍你。二话不说,李大海就把男青年给打了一拳,这一拳招来了一堆本村人。一看他们是知青,二话不说,双方就打开了。

李利强、舒飞、刘忠宝,见对方哄上来,二话不说撸起袖子就开始打。胡星川还在前面聚精会神地看着电影,后边的弟兄早已经

打成了一锅粥。看电影的人们开始骚动不安,胡星川也扭过头来看发生了什么。一看到自己的弟兄在打架,他也没心思看电影了,忙站起来就往过去跑。他思想比较成熟,也看得懂不利形势。拉起李利强和其他几个弟兄就跑,边跑边说:"人家一村人,咱们就五个弟兄打不过去,跑为上。"黑灯瞎火的,一路跑,后边的还追了一会儿。看二十五村的村民不追了,他们才停下来,胡星川问几个弟兄们有受伤的没有,大家哈哈一笑:"哪有,还没打过瘾就让你给拉着跑了。"

这群"不省心",不只和二十五村的青年打过架,只要周围十里八村放电影,他们一准儿去,去了一准儿要打一架跑回来。最远的一架是在北面内蒙古一个叫朝碾的村子,也是放电影,去了之后,说是这回不打架,但是去了总要找碴儿,打一架回来。

他们说着,痛快地笑着,想起当年都是些"刺儿头"。不过,只有举起拳头敢打架才露出了年轻人血气方刚的风貌与本真。

听说有一次夜里打完架，第二天被人家找到村里了。老书记听说晚上看电影又打架了，有些生气。把他们叫去，当着对方骂了他们。但是等对方走了，很严肃地问："你们受伤了没有？"李利强站出来干脆地说："报告老书记，我们一点皮都没有破，只是老五刘忠宝的鞋子掉了，让对方拿走了没给。"

"什么，鞋子让他们拿走了，现在还光着脚板？"

"是的。"

老书记看着李利强说："那不行，我得把鞋子要回来。"

两小时后，老书记给老五要回了鞋子。"给你，穿上吧，鞋子可不能没有，以后打架不能丢一点东西，真是些'不省心'。"说完老书记走了，大家学着老书记，背着手，皱着眉："真是些'不省心'！"

这些可爱的"不省心"，在他们青春年华里，顶着烈日学会了农活，一望无际的田野是他们的主战场。他们在风里雨里磨炼中，锻造了一个个坚实而强壮的体魄。他们因为年轻而打过架，他们也因为打架而产生了更浓厚的情感。他们与乡村结下了不解之缘，那是一段美好而难忘的日子。他们把它刻在了心上……

因为爱

知青岁月早已成为美好的回忆,可是知青情谊却随着岁月的更替越来越浓。知青情,将是他们那代人最不舍的情怀,知青爱情,更是幸福爱情的一个缩影。

张媛体重103斤,身高1.62米,眉眼清纯,薄唇皓齿,梳两长辫,吃苦耐劳。刚刚到栗恒窑村时,别的女知青被老鼠吓哭了,只有她没有哭,还要一个一个安慰她们。领队看到她,没考虑其他,直接任命她为十五个女知青的队

长。过后,其他女生也有不服气的,最终还是被张媛吃苦的精神感动得服服帖帖。

"领队,你怎么没通过我们就任命张媛是我们的队长?"这是几天后李晓雅对着所有的女知青,当面问领队。

张领队看着李晓雅,没好气地说:"你们被一只小老鼠都吓哭了,我还能把队长托付给你们?"李晓雅还是不服气,抬起头,急得脸都有点红:"那只是第一天,这些天我们都不怕老鼠了。"

其他女知青也说,就是。张领队看着她们,没有再说什么,只是告诉她们,所有的队长都有试用期,三个月不行,那就从你们女知青中再选。

张媛看看张领队,又看看其他女知青们,说:"行,我同意。请大家看我的表现,不行,我自动让位。"

张媛的父母都是大学老师,那年下乡是她主动要求到农村来接受再教育。她的父母都被批斗过,她亲眼看见父亲戴着白色的高帽子游街,母亲低着头跟在后面,她追着队伍,被小孩子们指点、唾弃。后来父母搬离城市,住进了一个小乡村,再后来学校又需要教师,张媛才跟着父母回到了大学校园的那个家。因为经历了太多的苦难,张媛比那些女知青要成熟很多。

知青宿舍离村里的水井有一段路,每天张媛都要给大家挑水。男生都用扁担挑,张媛就用两只手提。开始,两只手被勒得红肿,后来,手上起了厚厚的一层茧。就连男知青都佩服张媛的力气。其实不是张媛有力气,是她有一股子韧劲,她说:"来农村就是要让自己变得像个农村的孩子,不怕苦不怕累,这才是我们当知青的真正目的。"

三个月后,张媛主动要求女知青们重新选出队长,这是一次很严肃的选举,大家一致同意只有张媛才可以胜任队长这个角色。从此,女知青的队长一直都是张媛胜任着,直到78年返城。

张媛和王宏兵恋爱了。

那天，女知青都随着男知青去边墙北面的朝碾村看戏去了，张媛肚子有点不舒服，自己留在了宿舍。王宏兵看到女知青里没有张媛，忙着问同宿舍的刘婷婷，婷婷告诉他张媛肚子痛。他本来就对张媛有点意思，一听张媛自己留下来，他也不去看戏想陪着张媛。

夜色笼罩着寂静的村庄，往日喧闹的宿舍也安静下来，外面蛐蛐、青蛙的叫声响亮起来。远处的狗吠声，穿过黑色而静谧的夜色，传到张媛的耳朵。她觉得从未有过的安静，想着自己的父母，想着以后自己的去向。她不知道还要在栗恒窑待多少年，但是，前期的一位男知青已经回到城里了，她的心难免有所悸动。不能这辈子就在乡村吧，这里的人再怎么淳朴、善良、热情，但是如果明天有文件让她返城，她也会毫不犹豫地选择离开。这样的话她没有和任何人说过，只是心里自己想着。

一阵敲门声打断了张媛的思绪。她起身开门，肚子又是一阵酸痛。一看是王宏兵，她忙让他里边坐。王宏兵在自己的宿舍黑灯瞎火地坐了好长时间，他有点不好意思过来，后来还是鼓起勇气，走出宿舍门。

"宏兵，你怎么没去看戏？"张媛好奇地问。

"听说你肚子痛，如果是胃不舒服，我这里有药，很管用。"宏兵拿出了胃药。

张媛看着他，脸一下子红了，"不是胃疼"。宏兵明白了张媛肚子痛可能是女人经期不适，也就不再去问了。

"我，我听刘婷婷说你不舒服，也就没去，也没什么看头，只是消磨时间看热闹。陪陪你也好，省的你自己，这夜太黑，你自己也不安全，我怕你会害怕。"王宏兵一口气说了很多话，他看着张媛，嘴角向上扬着，眼睛里闪亮着一种情感。这种情感，与张媛眼里的光撞在一起，在暗夜里擦亮了。

他们在一起说着这里的人们，说着这片热土给予他们的锻炼与成长。他们也说到了一个很敏感的话题，知青返城。

王宏兵是个粗中带细的人，说到返城，他有些略微停顿了，看看张媛，自己陷入了沉思。片刻间，他们之间是沉默的，远处的狗吠声传来，近处的蛙声也阵阵响起。

"唉！"王宏兵长长地叹出一口气："我们不能在这里扎根，毕竟这里不是我们要追求的。我还是想返城，只是不知道什么时候可以实现。"

张媛不作声，静静地看着他。

"你想，我们在这里无法去谈什么理想，也没有什么想法。一日三餐清汤寡水连肚子都保证不了，这几天有豆子可以煮着吃个饱，感觉不饿了，可以去想想自己的理想，想想如何去实现梦想。其实，什么理想，都随着一个个响屁嘣出去了。"

张媛听着，笑了起来。"真的，你说不是吗？"这时候，王宏兵觉得不再拘束，那种在张媛面前的紧张感慢慢散去了，有的只是将一些不敢说的话，倾吐出去。

"是的，我们再有才，放在这里起不到作用。还是希望早点返城，我也是。"张媛慢慢地说。

他们之间有一种心灵的默契，在这个寂静的夜晚，两颗心靠在了一起。他们恋爱了，他们变得更加坚强而成熟。这一年是1978年的9月8号，知青们又有一个人返城了，张媛也期待着有这么一天属于自己。

张媛没有声张自己的恋爱，王宏兵也没有。他们彼此知道对方都活通透了，心照不宣的爱，在默默滋长。天长日久，烟火岁月，他们静静地守望着这片热土，也静静地守候着那份爱情，还静静地等待着一个欢喜。这段美好，在心头，也在掌心。

他们真心爱着，因为爱情。在那个年代，那个小村庄，没有浪漫，有的只是一种"愿得一人心，白首不相离"的诺言。他们实现了，1979年3月26日，张媛和王宏兵一起坐在了返城的车上，手紧紧地扣在一起。一直到现在，爱，依旧浓郁而芬芳。

在爱情这条长路上，相爱的秘诀不是套路，而是真心。征服男人也许有独特的技巧，但相伴到老只有一个定律，那就是真诚。张媛与王宏兵的爱情，经历了知青生活的艰辛，经历了返城、招工的艰难处境，赶上了最特殊的"只生一个好"的计划生育国策……太多的想不到都让他们遇见了，然而最美的遇见还是他们忠贞不渝的爱情。他们的爱，必定是真诚铸造，要不他们如何经历四十年的风雨，依旧甜美如初呢！

这条路不白走

那天一场大雨过后，燥热的心也凉爽了。我漫无目的地闲逛，逛进了电影院，《冈仁波齐》我在电脑端已经看了一次。坐在影院里再一次感受他们每走一步的虔诚与震撼。心随他们走过了春夏秋冬，走到了布达拉，走到了冈仁波齐神山脚下。

朝圣这条路，不白走。

我走的这条路，也不白走。

这个世界上，谁一步一个脚印地去走，都不白走。

电影院没几个人。我刚看银幕有点微晕，声音清晰得很，往后又坐了几排似乎好点。二次看这部片子，等于复读，依然被他们的虔诚，感动得泪眼婆娑。

普拉村村民尼玛扎堆在父亲去世后，决定完成父亲的遗愿，带着叔叔去拉萨和神山冈仁波齐朝圣。时正马年，正好是神山冈仁波齐百年一遇的本命年，小村里很多人都希望加入尼玛扎堆的朝圣队伍。

这支队伍里有即将临盆的孕妇、家徒四壁的屠夫、自幼残疾的少年、没人看管的小女孩扎扎，每个人都有着不同的故事，也怀揣着各自的希望。为了去冈仁波齐，这支十一人的队伍踏上了长达2000多里的朝圣之路……

朝圣这条路并不仅仅是几步一叩首，那是一段心灵的荡涤。

那条路他们走了一年。

这一年，他们遇到了狂风暴雨，在黑云压顶的高原上，蹒跚且执着地行进；他们遇到了山体滑坡，生命在那一刻到来的时候，显得那样无助而又果敢担当；他们看到了漫山遍野的油菜花，在盛开的季节里支起帐篷，边跳边唱，心里怀着向往与虔诚。

画面中感动人的镜头太多，太多——

9岁的扎扎，每一次磕头，脑门与地面接触，都是幼小的灵魂与神灵的一次促心低眉的相约。她头疼，想奶奶，依旧笑眯眯地走着，一切的困难都不算什么，就为心中的那个神往。

肚大的孕妇在夜里疼痛不已，一个新生命在朝圣途中降临了，欢喜涌来。老人在夜里默默地走了，大家忍着悲痛，咏着经送走了他，生命在朝圣途中归去了。远方有着一样情怀的陌生人遇见了，招呼他们一起吃饭喝茶。仅有的运输工具被撞了，为了生命，没有任何怨言，相互祝福彼此走远。厚厚的雪山上，艰难的道路上，山重水复一路磕来，笑还在脸上灿烂着，心是那样的亮澈，魂是那样的虔诚。感动的不是这历时一年的时间，走过的2000多里路程，而是他们那种宁静的力量！

是的，那是一种宁静的力量。

我曾经怀疑过磕长头的虔诚朝圣者，幼稚地认为那是一种很无知且无畏的做法，漫漫长路做着同样的动作。破衣烂衫依旧朝前走着，固执地坚持着心中的那份默念。这时候看来，那是一种怎样执着的信念，那种对神的信仰，他们用身体与灵魂无数次的跪拜，诠释了！

有信仰才可以有力量，才可以有方向，才可以有脚下的路，才可以有心中的宁静致远。

这世界上有几个人能真正放下一切，为了自己的信仰，走上朝圣这条路呢？从电影院出来，心像被那一拨儿朝圣之子的虔诚洗涤了，很安静。

我想啊，生命这条路很短，朝圣那条路很长。有多少无谓的苦痛折磨着我们，让我们在这些不值得耗费的事情上，苦苦挣扎，心烦意乱，迷失了自己。

人这一辈子要发生多少无常的事情，而我们必须要以一颗平常的心去对待。像电影里那样，该来的来吧，该去的去吧，发生什么面对什么。生命无不外乎就是一场来来去去走走停停的过程，看淡了，也就理解了，接受了。

想来，我没有去冈仁波齐转过那神山，没有几步一长头地磕过。但是，我感觉我正在纸上，做一趟灵魂的朝圣。

这个时代，也总得找些什么，奉献给我们灵魂。我找到的是用我虔诚的笔，满腔的爱，磕在纸上的长头。

影片中最可爱的一面就是他们在酷暑难耐中前行时，有人轻轻唱起了藏地歌谣。众人和着：

> 我一步一步向山上走，雪一片一片往下落。
> 我一步一步向山上走，雪一片一片往下落。
> 在雪花与我约定好的地方，我想起了我的母亲。
> 我们都有同一个母亲，但是命运却不一样。
> 命好的那个做了喇嘛，命不好的我走向远方……

这一路，下坡时，速度快到像飞起，一群人就畅快地跑起来。上坡有时，滑行有时。艰难有时，得意有时。每一刻，都是自己的修行。所以，不必急。

人生不论怎么走，最后你自己去总结：每一步，都算数。

曾经有人问我，你为什么一直一直在写，到底你获得了什么？

我清晰地回答，这一辈子，也许这些文字并不算什么，不华丽，不尖锐，只是温晤地诉说着一场花开，叶落。只是不谙世事地表白着一种心迹，一串足迹。这文字的诉说，好像在纸上磕长头，一个字一个字地修行，在这过程中，似乎慢慢把自己写明白了。明白了一切有因有果，明白了为什么那时候活成那样，这时候又活成了这样。也许那时候与这时候就是一场蜕变，就是因为有了这场虔诚的文字朝圣，心灵得到了一种宁静。生命有限，总之，我不想把精力投错地方，那样将让我后悔自己没做自己喜欢的事情。

回眸，人生不论如何走，只要你清晰的走了，定然不白走！

我走的这条路，不白走！

你走的那条路，也不白走！

童年证据

真应该给童年留个证据来证明自己有过童年。

我出生时的老房子大概在十几年前就被夷为平地，后来平地竖起了楼房。我童年成长的地方还有两个，一个是村里的房子，一个是矿上临时租住的房子。村里的房子早在二十多年前就被彻底推平，洋洋气气地起来一排里面装修豪华、外面漂亮整齐的房子。但是，我妈好像只是在夏季的时候住过几天，我没有住过。以前在煤矿住的房子，我在五年前去了一趟。整片房子都拆成了废墟，我在废墟中找到了曾经住过的家，门窗没了，只剩下四堵墙，在半山腰残喘。

童年的证据都被毁了，我只能在记忆里搜寻。但搜寻到的也是些残存的不堪回首的碎屑，已经模糊不清。真实的东西都不在了，单单靠脑袋里的那点印记，简直不靠谱。

我爸妈当年为了生计奔波，也没顾得上把我童年玩过的东西保存下来。

不过话又说回来，我童年玩过的东西能保存下什么呢？

童年在冬日暖阳的墙根儿下玩过。用雪捏成团，埋在土里，耐心等着雪化掉，等着泥粘在上面。最终雪球变成了泥球，在表面捅一个小窟窿，轻轻地将里面的水倒出去，从小窟窿放入几粒小石子，封好口子，等着泥球变干变硬了。这个泥球我叫它"呼啦啦"。我妈不可能将这东西给我保存下来。那要是真保存下来，将是我童年岁月里的一大见证，透过那颗泥球，可以看到阳光下明媚无忧的我。

还有就是玩瓦渣和那挽了若干个疙瘩的黑电线皮筋，这些我爸妈也不可能给我保存。再有就是玩摆家家，拔根草当饭，拾块儿烂玻璃当碗，扫点土当墙，垒个石子当门，这些东西无法保存，当时就摧毁了。如今想起来，童年过得那样单调却又丰富多彩，只是时间太仓促，没有容我好好享受就别过了那段时光。

童年的玩具消失得了无痕迹，脑子里只剩下了玩过的童年。

其实，最能印证童年时光的应该是老房子。但是，巧遇社会飞速发展的时代，我们的房子活不到用它做证据的年龄就消亡了。现实中有几个人能回到童年伊始就住的房子里去回忆童年呢？我看少之又少吧。这何尝不是这个富裕时代的怅然若失呢？

我们经常踏着时代的节奏，在做着一件共同发展的事情。那就是，不断地更换着房子。眼下，住在旧房子里的人属于陈旧品，于是人们都不想成为陈旧品。然而，人们都失去了一种最美的理念，那就是"陈"。因为一旦搬到新家，都要焕然一新，摒弃那些旧的东西。这样，新家当然就缺了另一种美，就是陈旧感的美。于是，买来假的古董作为新的装饰。其实，假的毕竟不是真的，它无论如何和那个时代感特强的新家产生不了共鸣，融入不到一个频道上。

回想我这些年来，也在不断地折腾。家搬了三次，每一次都是否定了旧家的一切，重新来过。眼里看不到一丁半点陈旧美。有时候，不由地黯然伤神，问自己这是为了什么？屋子小的时候，家里三口人都在一起抱着，暖和得很。屋子逐渐变大了，各在各的屋子里活动。有时候，一整天，只是吃饭的时候坐在了一起。一家人都成这样，更别说邻里之间不认识了，那是常事，见怪不怪。

是什么让我们有了不断想搬到新家，不断想提升空间的欲望？是那颗浮躁不安的心。其实，在新的居所里，心也许是居无定所的，但是，在感觉上还是很舒服。有一位朋友去年又换了新房子，房子很大很大。我问他为什么好好的房子又要换成这样大的房子，花那么多钱，装修得这样豪华。他的回答很淡漠："就为了让亲朋好友过来看！"我能体会到他内心的感受，空间上的占有才是最鼓舞人心，这是实实在在看得见的价值坐标。他很自豪，也很空旷，像他的大房子。

为给别人看！这样活着的人不少，也许我们也在他说的范围内。

人们这是怎么了？我们生存的空间，已经不是保存时光的感情证物，也不屑于保存，因为旧的房屋无法形成可炫耀的存在。其次，我们也不想去珍惜与过去的关联，因为过去是个贫穷的代码，我们宁愿丢弃那一段时光，重新来过。

在多数人眼里，把房子和家混淆了，这是两个概念。想啊，把太多的钱扔到了房子里，有些人为此生活拮据了，感情淡薄了，亲情走远了，家失去了温暖。可见让那个大而空洞的家伙，埋葬了幸福，这是为什么呢？不为什么，就为在别人眼里有存在感。

房子越来越大，童年越走越远。谁能找到自己出生时候的房子，那就算你有福气。可见，是你懂得了人生的真谛，那种陈旧的美，一定能听到童年天真而明快的笑声。我找过，没找见。童年的证据已经消失殆尽，追寻只是茫然。

还钱

前些年每次回婆家,隔壁的大姐都会过来帮忙做饭。忙来忙去,前前后后地跑,就像个不知疲倦的机器。因为爱人在家乡辈分大,她也就叫我大婶儿,第一次听她这样称呼我,顿时好不自在,不知道该如何应答。后来慢慢地也就适应了这样的跨年龄、高级别称呼。

一日午饭后,我嫌家里人多,独自溜达到河岸边乘凉。这时候,我听着身边有个声音,窸窸窣窣地走过来。回头一看是邻居家的那个

大姐。她红着脸,坐到我的旁边,叫了一声:"他大婶儿,您儿干啥自己坐这儿?"

我一时不知道说啥:"哦,家里人多,我想看看大河,挺好。"

"您儿们城里人,来村里看到点水就稀罕的,大中午自己坐这里就为看大河。"

我不知道该怎么称呼她,名字我叫不来,要是知道她丈夫和孩子的名字,叫她"谁谁家"或者"谁谁妈"也行。

她坐在我旁边开始讲她的故事。

她说,她早些年跟着母亲在市里还生活过十来年。后来,父亲去世了,母亲容貌姣好,有人给母亲介绍了市里的一个退休干部。那老头当时七十岁,母亲才四十八岁,她十二岁。她上面的哥哥姐姐都早已经成家。那老头对母亲不错,对她也挺好,她在市里上过小学、初中、高中,后来还在云冈大厦卖过鞋。那些年,她和母亲没有受过苦。但是,那年夏天,那老头去世了,她和母亲就一同回了老家。

她看着我,笑着说:"还是市里好,刚回村里真不适应呢,想过好多次自己再回市里打工。但是,一想到母亲自己一个人留在村里,心里总是放不下。"后来,现在的那个叫三虎的男人看上了她,整天守在一起,日久生情。她那种想到市里再打工的念头,以及对城市的眷恋,逐渐被母亲的孤寂和爱情的炽热,消退隐没。

她坐在我旁边,不看我,头低着,手里拿着一根小棍,在地上胡乱地画着。她不说话了,好像有泪滴落在土里。就这样沉默了一会儿,她叹了口气,又开始说她的故事。

我看着低着头的她,心里一阵酸楚。她比我大三岁,在市里生活了十多年,上过高中,算是有文化的女人。但是,眼前的她,我怎么都看不出她是个念过书的女人。眼下,我听着她说话,感觉这

99

个女人的确不是个普通的农村妇女，她内心一直都是向往着城市的生活，一直都在努力地摆脱困境。现实和理想之间总是隔着一条鸿沟，可惜她一直都没有逾越。

她抬起头来，黑红的脸上，挂着一行泪珠。我这时才发现，她一点都不丑，睫毛又密又长，还挂着晶莹剔透的泪珠。这泪珠在午后的阳光下，折射在我眼里是五颜六色的光芒。她的嘴唇厚厚的，很饱满，她的身体也很圆润丰满。她的手很笨拙很粗糙，上面戴着一个椭圆的金戒指。

我知道了她的男人叫三虎，她有两个孩子，一男一女。女孩在市里打工，男孩喜欢守着这个家，不愿意到外面干活儿。

我问她："哎，三虎媳妇，你现在应该挺幸福吧。孩子们都大了，三虎也不怕苦不怕累，成天不是在地里劳作，就是在大河里撒网捕鱼。"她摇摇头，苦笑着说："其实我的心一直都不在农村，一直都想着城市的生活，想着那段上学和打工的日子。那时候，我还一直说普通话呢。"她说这话的时候，有些不好意思了，但是脸上却洋溢着浓浓的幸福感。

她说他们的日子一直都很拮据，每年的春夏之际都是个青黄不接的时候。地里需要钱的地方太多，买种子、化肥、农药。她每年都是东挪西借，每到这个时候，她更心烦。

看着她，我想，物质真是个基础，钱真是个硬东西。

又到了农忙时节，我想她是不是又是因为钱而烦恼呢。于是我问她："每到农忙时节需要支出多少钱，就能解决燃眉之急？"她看着我，说："也不多，自己每年冬季攒一部分，再去借两千多。年年都是这样，秋收的时候，先卖豆子，卖了豆子就还借的钱。"我看着她，伸手握着她那粗糙的手。"不要愁，你还不老，孩子都大了，三虎对你不错，村里也挺好，空气清新，现在城里人还就想到村里住呢。今年的钱，我先给你拿上，也不要急着还。"

这话可能正好说到她心坎上了，她一下子又流泪了。"她大婶儿，我就是想跟您儿这有文化的人说说话，没有借钱的意思。"

"谁还没有个着急的时候，省得到别处去借，拿上我的也一样，解决问题是关键。"

回了家，我给她拿了2000元钱，她拿着钱有些不好意思，不停地说："豆子下来我就还您儿，豆子下来我就还您儿。"我忙答应："行行。"看着她的背影，心里一阵酸楚。

那年秋天，婆婆也搬到市里了，那个小村庄我基本就不回去了。至于那两千元钱的事，我有时也能想起，但从来没有放到心上去。

听婆婆说，村里的亲戚捎来话，说是三虎媳妇打听婆婆在哪住的呢。就在那年的冬天，一个特别特别冷的日子，婆婆给我打电话，

说是三虎的媳妇到她家里了,给我送那两千元钱来了,让我过去呢。

这样寒冷的天气,听说她到市里就为还我的钱,我一下子很感动。不是为了那点钱,只为她的淳朴与守信,我过去了。

一进门,她忙握住了我的手。"他大婶儿,您儿真好,我不知道咋感谢您儿,秋天就有钱了,一直等不到您儿回村。这马上就要过年了,借您儿的钱,无论如何都不能隔年再还。"我看到地上放着好几个袋子,里面都是鼓鼓囊囊的,说:"你拿这么多东西干啥,路那么远,倒好几趟车,这兜兜袋袋咋拿来的啊?"她笑着说:"不重也不累,我有的是力气。"

她高兴地说她的姑娘在市里找上对象了,男孩对姑娘不错。我想起了那个和她长得一样的女孩,一次我陪孩子游泳,还碰到了她。那时候,她姑娘皮肤白皙,个子也高挑,模样清秀可人。听说,对象各方面都不错。我倒是觉得这好像是圆了她的一个梦想,她脸上没有一点沮丧失落,全是欢喜。

拿着钱我没数,路过商店我进去买了些东西,交钱的时候,我左数右数都不对,多出来两张。一下子,我有些内疚,为啥不对着她数数呢?这两百块钱,她得卖多少豆子啊。这事情,最后弄得我心里很难受,这个朴实憨厚的女人!

和这位大姐的相处,也给我的人生留下了很深的记忆,这也是一段缘分吧!一直想着,什么时候在她需要我的时候,我再出现在她的面前,我总不能亏欠人家啊!

借书

  我特别怀念住在大十字街的那段日子，市图书馆就在离家不远的南面，走上十来分钟就到了。那时候，每周都要去图书馆两三次，借来的书，总是要抢着时间读。静思借书的时光，如在目底。

  那几年，老三爱读书，我们前后楼住着，他借书的时候就吆喝上我，我俩借回书就开始啃。老三什么活儿都不会干，那也是有原因的，他的媳妇美女杜儿什么都会干，动作又麻利，

久而久之，养成了老三的惰性。衣来伸手，饭来张口。我不会做饭，但是我爱打扫家，总喜欢把家打扫得干干净净坐在一处静静地享受看书的时光。

不过我一想起借书走的那条路，心里总是不舒服。那条路两边是平房，没有下水设施，人们总是把污水倒在街面，时间久了，路中间形成了一条不太深的沟，路两边高起来。逢天气晴朗的日子，借书的时候走在路两边，中间污水流动，气味难闻，捂着鼻子加快步伐，也就几分钟的路程。可是，一遇到阴雨天气，那斜坡的路面，泥泞不堪，稍不小心，哧溜一下就滑倒了，两脚就进了污水渠子。当站起来时，两脚裹满了污泥，实在是恶心又无奈。索性在雨天的时候，从来不去借书还书。倘若几天里阴云不散，也就窝在家里，拿一本书来回翻着，找些好词好句子抄在本子上，这样也能把无聊的时光打发掉不少。

有时候借书我是在图书馆里看。最喜欢午后的阳光慵懒地透过图书馆窗外密密匝匝的树枝，零零碎碎地射在书架上。那斑驳陆离的光，好是惬意，落在我捧着的书页上、字面上，似乎陈旧已久的书泛起了墨香，故事一下子分外感人。书中的人物也都鲜活起来，语言不再荒芜，情节不再凄凉。抬眼看到图书馆正打盹儿的那位秃顶的老管理员，他细眯着的眼睛，也有了一道亮光。隐隐觉得不再是以往的那种潮湿的阴冷，有了惬意的幸福。

老三第一次喊我借书，那时他已经借到了一本纷舞妖姬的《第五部队》的第一部，全册共五部。我去借的时候，第一部没有了，我怕第二部也被人借走，就把它借了回来。翻开看了几页，感觉有味道，连忙打电话给老三："快看第一部，我给你借上第二部了，看完就过来拿啊，拿上第一部啊！"这话看上去好像是为老三服务呢，其实内心全是为自己呢。老三一听，高兴了："没问题，我啥也不干，昼夜加班，明天就可以取第二部。"果然，第二天老三就把第二部拿走了。我拿到第一部书，没明没夜地趴在书上，不说文字美不美，就是那跌宕起伏的情节，就让我哭了又笑，笑了又哭。

没等看完第一部，就忙催促老三："我看完第一部了，你看完二了没有？"隔着电话都能感觉到老三一头雾水："你这是啥速度，黑夜不睡？""嗯，不睡。""行了，我明天拿到单位去看，我给加快速度，再给我一天时间保证能看完。"果然，第二天他给拿了过来。给了他第一部让他去换第三部。就这样，循环往复，不觉一年多光阴，从图书馆借出来大约五六十本书，全部看尽。

借书的时光就这样循环往复着。住在大十字还有一点好处，就是经常能在杜儿家吃饭。老三在家里好像是客人，家务活儿和饭菜啥都不会做，杜儿在这方面没有不会做的。一在他家吃饭，杜儿一个人忙乎，我和老三只顾看书，等着喊吃饭。饭后，老三两个眼皮就拉不起来，我也酷爱在饭后休息。于是，一屋一人，鼾声四起。杜儿不骂人，只管收拾，嘲笑我俩像那个四条腿的家伙，说是我俩要是放在一个家，不会做饭，就会睡觉，指定能饿死。我已经习惯了这种说教，就当成夸奖，该睡觉就睡了，醒来继续看我们的书，杜儿继续唠叨。想起那段日子，幸福得简直掉渣儿。

可惜城市重新规划，图书馆要移动位置。突然有一天，图书馆关门了，这一关门就再没有开，直到现在，大楼已经移停妥当了，但是图书馆还没有开门。我的借书证还在，上面的照片依旧年轻，孩子的借书证还是戴着红领巾的。看着借书证，觉得岁月原来真的不饶人。孩子已经上了大学，我已经是半老徐娘。时光已经飞逝去了十年，读书的情结清晰，读书的习惯却削去了一半。

借书早就换成了买书，买来的书远远不如借来的书读得积极。"书非借不能读也。"古人已经给总结好了。

105

那年月借书时间有限制,过了时间不还书要罚钱的,怕罚钱就得加快速度去读。花十块钱,书又成不了自己的,怕吃亏,觉得多读点书就占了便宜。就为那点便宜,真是没少读书。算来,还是占了大便宜。

时间真是过得太快,转眼间,告别借书时光已经十年。这十年间,又发生了太多的变化。我已经搬离了大十字,杜儿和老三也不在那里住了。老三现在不知道是不是还沉迷于书海,即使一起吃饭也不聊看书这档子事儿了。若要聊,那不是扫大家伙儿的兴吗?不与时俱进的话题在场合上最好不提。所以,从来没有说起借书与读书。

十年变化就这么大,手机早就替代了一切书籍。想必,真要有个图书馆,看书的人又有几个呢?借书就更不用说了。

借书的年代就这样悄无声息地走远了,但是,静思借书的时光,真的如在目底,清晰得不能再清晰。

因为有你

感恩生命

缘

　　我在沙发上敲打着电脑的键盘，夏风习习吹了进来，抬起头想缓缓眼睛。没想到目之所及，竟是阳台上好久没搭理过的那株多肉植物小苗。原本蔫了吧唧病恹恹的没一点精神，我估计它活不了多久。不知道从啥时候竟然直棱起来了。赶紧走到它跟前看个究竟。它奇迹般地长出来几瓣儿嫩芽芽，努力地向上翘着，像在冲着我笑。

　　我笑了！

　　大概它感受到生命来了，所以不要命地抓

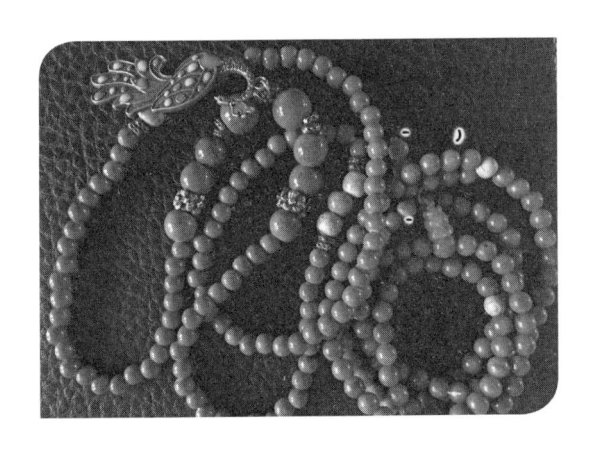

住每一个可以愈合创伤的机会,等到伤好了,就可以无所畏惧地努力生长了。活着,喜悦太多,不想死去。于是它欢喜地抬起头,骄傲地长出了新绿。

我被那一点点小绿色感动了。

前些日子一直都在忙碌着,根本无闲暇时间去关注它的存活。有几个可爱的少年来我家学习,一个叫冀鸿宇的男孩,个头不大,心特别细致,每次在临走的时候都要看看阳台上的那些植物。他特别有趣也勤快,还要帮它们浇些水,松松土。最后不忘向我汇报一下这周哪株花长势喜人,哪株花还需要多加关爱。

有一次,我无意间看到他又在拨弄那些花草,还在另外一个漂亮的空花盆里种了一些芝麻大小的黑色种子。他把那株多肉植物的小苗拔起来,看了又看,我装作没看见。就那些小生命,鸿宇喜欢侍弄,那是他们的缘分。

他完了很神秘也很严肃地说:"老师,我告诉你,那株多肉植物的根部没有死,我看它还能长大。"

我显出惊讶的样子问他:"你咋知道?"

他歪了几下头,很可爱地说:"我刚才拔起来看了它的根,应该没问题。再说,多肉植物的生命力都很顽强,即使你置之不理,只要有阳光就能存活。"

他停了停,笑眯眯地坐在了我的旁边,抓住了我的胳膊。"再说它还有我呢,每周我都要给它浇水的。"我摸着他的头,看着这个好有爱心的阳光少年,对他的未来也有了几分畅想。

鸿宇虽然是个男孩子,但是不喜欢和那几个长得又高又大的自认为成了爷们儿的小伙子们玩。他上完课不走,就在我家磨蹭,在阳台上浪费一会时间,再到书房看书。一进了书房就很难把他叫出来。我也懒得管他,总觉得一个爱看书的孩子,以后的人生一定不会很差。

有鸿宇照顾阳台上的这些花花草草，我更不去操心了。它们可能对我也没有太多的奢望，知道我忙，不管它们，只能自己拼命地去生长，拼命地去活着，这是它们的天性。不需要任何理由，只要心无旁骛地活下去，只要更茂盛一些，更不可一世之外，就没有其他什么使命了。

所以，那株多肉植物经过生死考验，懂得了自己的欢喜与使命，于是用新绿来告慰自己，也向我展示它的豪情。

我看见了它鲜嫩嫩的叶片，圆溜溜的，像个小水珠。我特别想掐它一下，看看是不是有水流出来，又怕摧毁了它坚强不屈的生长。就这样站着，看着它。似乎这是对生命的一种礼赞！

阳台上活得最长久的花就是虎皮令箭，大约有十多年了吧。我在大十字住的时候，杜儿从她家挖了一个叶片过来栽到盆里，直到现在还活得很高大上，可以说是威猛霸气。

虎皮令箭原来生长的盆子，老早就换成了一个口径约有五十厘米的大花盆。它在里面自由自在无拘无束地扎根生长。去年过年的时候，一家人觉得它再这样不可阻挡地生长，将无法收拾。三个人一合计给它分支了。把一些老朽的枝叶去掉，长得太高的也去掉，又把它的一些嫩枝叶安放到了另外两个花盆。

它们倒是随遇而安啊，没有什么移植后的不良反应。在春节期间欢欢喜喜地以绿莹莹的生命迎接新的一年。

阳台上的花不名贵，只是长势喜人。我其实不太要求花草是否名贵，种在家里只要不怎么需要照顾，能够自己顽强地活着就好。

曾经也养过兰花，忘记了那叫什么兰，刚买回来的时候，每个叶片都是支棱棱的傲气，花开得盎然，香得也让人回味悠长。我严格按照花店老板的交代，精心侍弄。

兰花在花期过后，突然间就不精神了，显出萎靡颓废状。我电话咨询花店，说是花期后营养不足了，需要施点肥。

我惊慌失措地去附近的花市买了指定的兰花肥料，回来就给它补充了足够的营养。

我想，这回一定是佛的手印敷在了天灵盖上，一定会脱胎换骨，甚至会花开二度！

没想到，一切美好的盼望都让它一日不如一日的死亡气息给罩住了。后来它死了。

我在它的枯枝旁站立良久，算是一种悼念。也想了很久。

爱，不可鲁莽！

我以为给兰花多施点肥，它一定会枝繁叶茂地还给我一个春天。没想到爱多了，却导致它死给我看。那瘦瘦弱弱的多肉小苗不去管理，它倒是努力地活着要我欣赏。

生命有时候真的很卑微，爱也是一样。当我心心念念地牵挂着一个人的时候，我隐隐约约感觉自己已经失去了什么，比如：自由。比如：尊严。

于是就想，这缘生得突兀，这爱来得可疑。于是再想，缘起缘灭都是缘，随它而去！

生活需要打个盹儿

　　我干什么事情都要把自己折腾到筋疲力尽，这大概是闪深踏浅的性格所致。说干事，哪怕前面是刀山火海都敢上敢下。说懒惰，即使前面诱惑重重，我也能躺在床上睡个整天。我妈说我神经病，我想差不多，妈最了解我。

　　从外地回来，因为过度饮酒脑袋昏沉并厚重。一进家门便瘫坐在沙发上一下都不想动了，可是接到了妹子的电话，说是想在外面吃个饭，

还是不好意思拒绝。虽然很累不想出去，但也架不住真诚邀请，昏昏沉沉进了饭店，等到满天繁星的时候才进了家门。

　　清晨六点钟被闹钟叫醒，跑个步吧，自己和自己说。于是，从犯困中强制自己起来，穿好行头，准备出门。只听得爱人说："哎，你不把自己整趴下不算数，是不？"

　　头也没回，告诉他："是！跑步去了。"

　　一小时后回了家，真是累了，心想还有很多事情等着去做，不能就这样轻易说累，朋友们都说我是打了鸡血的主儿，权当一回鸡血青年吧。

　　洗澡，吃饭，驱车前行。

　　好家伙，坐在车里那个困啊，无论音乐声调到多高，也刺激不了混沌的大脑。狠狠地在大腿上掐了一把，是有点疼，困意却丝毫不减。用力闭一下眼睛立马再睁开，睁大了，再闭一下再火速睁开。这高速路上，万一一个盹儿，瞬间灰飞烟灭，那可不是闹着玩的。谁说"头悬梁，锥刺股"还能坚持学习，想想一定也无法学进去。就这样不断提醒自己，不断前行。幸好路途还算近，用力控制着困意也就下了高速。赶快找了个安全地带，停下车，打个盹儿。

　　也就是十多分钟的时间，一位骑摩托车的大叔敲我的车窗，一下子被惊醒过来。混沌状态下，问大叔什么事？大叔憨厚地笑笑说："哎呀，我还以为你身体哪里不舒服呢，趴在方向盘上咋一动不动呢？"

　　"喔，大叔我只是困了。"

　　大叔骑着摩托车走了，望着那远去的背影让我好生感动。他一定以为我出了什么事，要不就以为我过去了。唉，其实哪能这么轻易就去见阎王呢？我只是把自己整累了，需要打个盹儿休息休息罢了。

　　需要打盹儿的时候就得停下来休息一下。生活走走停停，何必一味地去追求完美，人生本来就不会完美谢幕。打个盹儿，该糊涂时就得糊涂，一直都是八面玲珑，那就没人喜欢靠近了。

不过，人一辈子总得强制自己做点什么，不然如何成事。

见过这样一位大学生，现在他已经没有了曾经的邋遢模样。

第一次见到这位少年的时候，还是十几年前。他是我的一位亲戚，那时候他大概十四五岁的样子，正上初三，头发有些蓬乱，指甲缝里全是污垢，衣服也不是太干净。

那是个冬季，四九天，他跟随其父来我家找我爱人，出于礼貌，我为这爷儿俩沏了热茶，准备了简单的饭菜。也不是瞧不起村子里来的亲戚，我也是从村子里走出来的，只是，那时我也不会做什么饭，只能准备点家常便饭。

期间，出于当过教师的本能，我问那孩子学习情况，他显得有些局促不安，不好意思说什么。倒是他父亲脸上露出了很自豪的表情。

"这孩子不爱说话，学习不错，在县里面每次考试都是数一数二。"

我对于学习好的孩子总是有一种亲切感，这大概与多年来从事教育事业有关。于是，话就多了起来。

后来我才知道那男孩子上学极其艰苦。冬季的时候，因为乡里没钱，烧不起煤，班里就不生火炉子。孩子们那瘦小单薄的身体如何抵御过冬季漫长的严寒？我看见了那小孩子手上的冻疮。

很不解地问："那你们一冬季不冷吗？"

那孩子抬起头，眼睛特别黑也特别亮，弯弯的、笑眯眯的，没有一点抱怨，"也冷，冻几天就适应了。几场雪下完了，春天一到就不冷了。"

哦，春天一到就不冷了。真的是冬天到了春天还远吗？不远了。他说："假期一回家，上了大炕头就能好好暖暖，好好打盹儿了。"

听他说打盹儿，我当时立马想到在村庄里，在一个阳光温暖的日子，在墙根下，一群老年人坐着打盹儿。阳光下打盹儿是他们的专利。

我好奇，问他："那你在班里不能打盹儿？"他摇着头，"不敢打盹儿，老师会骂得很厉害，再说打完盹儿身子会更冷，抖得厉害，就像在筛糠。"

"筛糠？"我听着笑了，我知道筛糠是什么样儿，身体来回打摆子。我有一次高烧，盖了好几张被子还"冷"得发抖。

后来我知道这孩子的父亲早些年也是个代课老师，不知什么原因不当老师种地去了。到底还是父亲有点文化，他知道作为农民的孩子，用知识改变命运是唯一的出路。

几年后，当我又见到那孩子的时候，几乎认不出来了。很精干的样子，有些腼腆，但从他的说话看出来已经很成熟。他已经快大学毕业了,听说准备读研。我拍着他比我高出好多的肩膀:"嗨,你现在在什么时候打盹儿?"

他若有所思地笑着说:"上课,偶尔。地铁,经常。"

"您在什么时候打盹儿?"

"写作理不清时,开车下高速时,电影院。"

他又笑了,"电影院您还能打盹儿?"

"嗯,陪孩子看电影,不明白就打盹儿。小时候看电影睡大觉那是常事,打盹儿算什么?"

他有些诧异。

说起小时候看电影睡大觉,那基本上是我的定式。就因为我经常睡着了都弄不醒,还得别人抱着回家。在姥姥家五舅舅看电影肯定不带我,他让我睡觉整怕了。后来,五舅舅看电影总得背着我偷跑去看。

适当情况下打个盹儿也是必要的,让自己清醒些,不至于混沌不堪。

看着他,那时我想,有些事情是命里注定的,但还是有好多事情需要自己把控,机遇从来是给有准备的人。

眼下这个社会,贫穷已经成了一种很可怕的事情,不去拼命努力学习,努力奋斗,改变命运,改变贫穷,还想着坐享其成,那贫穷真的就成了一种病,也就很难治愈了。

好了,打个盹儿之后继续前行。

白晃晃的大太阳毫不羞涩地挂在头顶上,炙烤着大地,路边的野花盛开,小虫无力地鸣叫,打了个盹之后,我也清醒了许多。

唯寂寞才能遇见自己

早上五点半醒来,天气不错,一下子就想去文瀛湖兜一圈。穿好衣服,清水洁面。分分钟决定的事情,应该算是说走就走吧。

车里放的歌是《一路向北》,周杰伦唱的。只听清楚一句:"后视镜里的世界,越来越远的道别。"其他一律囫囵着唱,我也胡乱地听。管他呢,清风徐来,脑袋很清醒,需要一个人走走。但是,到了停车场还是忍不住发了一条微信,"文瀛湖走一圈,约吧!"其实此刻约已经晚了。我停好车,跑步进入文瀛湖公园。

骑行的人三三两两。有个穿着标准跑步服的姑娘，向我微笑了一下，这一笑便成了同路。

大约半小时后，爱人打来电话，"喂，到文瀛湖了？"

我气喘吁吁地"嗯嗯。"

"记得回来啊。"

回答还是"嗯嗯。"

电话挂了，大概他又睡着了。这话算是最好的叮咛吧。

边跑边庆幸自己，选择今儿走文瀛湖真是明智到了极点。这天呀蓝格莹莹的，那花呀五彩缤纷的，再说那路边的杨柳树呀如烟依依。骑行的人速度超快，低音炮不知道在哪里放着，车子从身边"嗖"地一下带着风过去，但那声音暂时还停留在空中，惊醒了晨睡的鸟儿，惹起了一片"叽叽喳喳"声，特别悦耳，不像是埋怨路人，倒像是问好。我猜测它们是在说："早上好，美好的一天开始了，美美哒！"

我跟在女孩后面，偶尔她会回头看我一眼，抿嘴儿笑笑。她从大路转移到了小路，我估计，她是因为有我在后面跟着才敢进入小道。我跑一会儿要大叫一声，这样能减疲乏，不至于呼哧呼哧直喘气，同时也告诉那女孩儿我还跟着呢。

小路上就我俩，这样寂静无声，世界好像变了。

太阳升起来了，斑驳陆离的树影婆娑而下，打在女孩的后背上、胳膊上，形成了无数的斑点。她回过头来，脸上也是斑驳的光影，我"扑哧"一下笑了。女孩儿依旧在前面，身上的汗水已经浸透了后背，头发和脸上的汗水顺着脸颊流经脖子也进入了衣服。

一股风从湖面上吹来，带着鱼腥味，头上的鸟儿偶尔划过头顶，叫几声。女孩儿突然折回来莞尔一笑，从我身边跑过去了。"她不跑那半圈了？这折回去路程也是一样的啊，干吗不跑个整圈呢？"

我心想，这就是人各有志吧。这小路上只剩下我自己了。静，一下子更静了。突然间我觉得整个文瀛湖都是我的了，我大叫一声，惊动了丛林中的一大群麻雀，"呼啦"一下，飞起好多，从头顶掠过，顷刻间又静了。

这样的寂寥似乎被我遗忘了很久。

好长时间总是在轰轰烈烈的人群里混迹着，感觉进入了江湖，身不由己。这时，我能听到我的心跳、喘气，甚至脉搏的起伏声。我什么都不去想，跑累了就走，那种单纯的走。阳光透过密密匝匝的树缝，照在我身上一小点，我被绿树环抱着。一只小松鼠跳出树林，晃动着小脑袋左顾右盼，站起来看看四周，蹦蹦跳跳地又进入了林中。它那样谨慎又那样自由欢喜。

前前后后的绿树鲜花把我包围着，一种空虚感把我无限地放大了，之后又缩小。大到让我明白自由没有空间限制，小到让我懂得大千世界最终我只是一粒微尘。

寂寥是一种来源于灵魂深处的美，不需要听谁的喝彩，也不需要去喝彩谁。在这个偌大的空间里只有自己，于是，我把自己放空了，成了一种单一色彩。不享受寂寥不知道自己活成了什么样子，有时候都忘记了自己是谁。

人这辈子活到一定程度，好像不是活给自己看，纯粹是活给别人看。世俗的那些热闹已经娇惯坏了自己，一颗浮华的心很难忍受寂寞。原因还是自己不想忍受寂寞，也忍受不了寂寞，觉得寂寞就是可怜、就是悲伤、就是无能，甚至就是绝望。其实不对，偶尔让自己在寂寞中度过，一切放空之后，才能够真正地拥有自己，遇见自己。

遇见自己不容易，唯有在寂寞中。寂寞是如此让人心动。也只有此刻，一切的一切都是波澜不惊。

前几年晨跑，在迎宾桥底下，总能看见一个吹萨克斯的中年女人，经常穿着裙装，虽然吹得不好，但不管冬夏都在坚持。后来有一两年不见了，心想着她哪去了？怎么了？快遗忘的时候，今年突然她又出现了，依旧是裙装，依旧在吹着萨克斯，只是那声音悠扬婉转了许多。忍不住上前问她那几年去哪了？她很是诧异，眼睛里却充满了欢喜："哦，病了。"

我一时语塞不便多问，转移话题夸她萨克斯比前几年有了很大的进步，能拿奖了。她笑了，很知足的那种笑，之后她说："唉，我都病了十多年了，前两年病又犯了。"她很轻松地说："我已经准备好见阎王了，后来吹了萨克斯，你看这不是又活过来了。"

她滔滔不绝地说着，我那天没有跑步，觉得能听到一个从生死线上挣扎过来的人说话，也是一种幸运。

她说，家里就她自己了，孩子在美国，老伴儿在她生病的时候，因车祸离开了她。她看到过生命的无助，之后一个人在家里，寂寞中感到了生命的可贵，也认识了自己。特别感谢寂寞给予她的这种清澈透明。人生就是这样，穿越了纷繁，最后又重归简约，这大概就是一种朴素又高级的纯粹吧！

寂寞出菩提，没有寂寞哪能在孤独中自我归来？哪能认识到自己？这也是生命的一种本能。当生命走投无路的时候，往往在寂寞中开花，重新认识了自己，于是开启另一种模式，生命便再度精彩纷呈。

从文瀛湖出来，寂寞如鸟兽散，又把自己放逐到了纷杂烦琐的红尘。打开手机，微信里蹦出一堆回复，"姐姐等等我。""我约"……一看时间都在一小时前。去，我这人不喜欢让人等，也不喜欢等人。

我养的小耗子

从新建起办公室的那天起,活动板房的夹层里就有老鼠"噌噌噌"咬泡沫板的声音。可能是刚开始,老鼠到了新环境有些胆怯,或因为办公室里人太多,来回走动的脚步声让它发怵。反正,白天我没见过它出来溜达。

等办公室没人了,它一定自由得很。因为我每天早晨来到办公室,都能从床铺上看到几粒黑黑的小粪蛋子。我断定是它上我床猴害了。

在一个阴雨天,小雨淅淅沥沥地下着,工

人们休息了。我独自坐在活动板房的办公室里，没有了机器的轰鸣声，这活动板房安静到能听到小雨落在铁皮顶子上的欢快声。那声音窸窸窣窣的，要是再伴着一首小提琴奏鸣曲那将是最美的和声了，简直是天籁。

听不到小提琴曲，只有小耗子"吱吱吱吱"在作响。我把脚抬得老高，如果小耗子从我的脚板上爬过，那可是让我很害怕的事情。

我的目光落在了墙角位置上的那个小家伙身上，只瞟了它一眼，可爱的它小得很，大约只有我的拇指大小吧。我不怕它了，但是脚却不敢落在地上，怕把它惊吓了。我看到了它的小爪子粉嘟嘟的有些透明，它来回抓着脸，我想一定是网状的灰尘挂在了它的脸上。它的嘴也是粉嫩嫩的，那小牙齿真白。小眼睛左右转动着，我眼睛不敢正视它，斜斜地瞟着它，它似乎对我没有多大的戒备。是的，它放松了警惕，试探着往前走，"哧溜"窜到了当地，"哧溜"又窜到了墙角。我看到了它的毛顺溜溜的、灰灰的、亮亮的，它其实并不可怕。的确也是，它只有那么一点点，怎么能把我这样大的人吓着呢。我看着它很可爱。

办公桌上有我昨天吃剩下的面包，我丢向墙角，它吓跑了，我想那些面包屑一定能把它诱惑出来。没隔多长时间，它又探着小脑袋出来了。它窜到了面包屑跟前，小鼻子滚了一下面包屑，随后小爪子就抓着吃了起来。它吃面包屑的可爱模样有点像熊猫吃竹子，不时地用眼睛瞅着四周。

唉，上帝创造物种的时候，就注定了各种不公平。熊猫让人宠着，在人们的欢呼声中自娱其乐，而鼠辈们都谨慎胆小。

这小耗子估计从娘胎里就懂得了在这个世界上想延长生命就得提高警惕。我不想惊扰了它的美餐，静静地看着它吃面包屑，连大气都不敢喘。准备拿出手机给它记录一下生命里曾经享受过的这顿美食，想想算了。只是静静地看着它，一直等到它吃完了为止。

约莫半个多小时过去了，听到外面有人在走动，小耗子一扭头就钻进了墙角边的方钢缝里。我不知道它顺着方钢缝钻到了哪里，大概又到别的地方找吃的去了吧。

　　之后的好长时间里我再没有看到那只小耗子，我怀疑它是不是吃了老鼠药，见阎王了。也为那小耗子庆幸了一把，毕竟它临死前吃了我给准备的最后晚餐，耶稣也不过如此。它若懂得，一定会说："世界这么大，偏偏遇见你。"这是它此生的荣幸！

　　世界这么大，偏偏又遇见你。

　　小耗子没死给我看。

　　一天下午，天气不错。工地上机器轰鸣，工人们的叫喊声，工长的吆喝声，此起彼伏，乱着呢。我无心趴在电脑上干那些我认为很重要的事情，就想起来小耗子。我想，它要是真的死了，一七、二七……哦，应该三七也到了吧？是的，二十多天没见它了，三七也过了，这大热天的，尸体早已腐臭了吧。

　　这样乱想的时候，一个小黑点在我的余光里移动着。哈哈，这家伙，不小了，长了，比大拇指长了，只是有些消瘦，正长身体，拉身条儿吧。

　　桌子上什么吃的都没有，没提前预约，我没有给它准备美餐，真是有些遗憾，它也有些失望。在地上兜了好几圈，一下子就从那个方钢口处钻了进去，跑了。我想，这回又完了，一定又会好多日子不见踪影。它指不定从那洞口钻到什么世外桃源去了，让它红火去吧。

　　一段时间几乎又把小耗子忘记了。不是它在我床单上又一次留下了几粒黑黑的粪蛋子，我想，它一定从我的心里永远地抽离了。

　　中午午休的时候，突然发现床单上又多了小耗子的足迹。猛然觉得它一定受饿了，不然它不会上床来猴害。

任何低智商的生物只要满足了它最低的生活需求，它一定不会去再冒什么险。这是必然。

于是在傍晚回家的时候，专门在墙角处，上次放面包屑的地方放了一些瓜子仁，那是我专门给它嗑的，还破成了小粒儿，估计这样小老鼠一定吃起来方便。带着一些期待，我回家了，等明天看看它是否吃了。

果然，第二天一进办公室，看到地上的瓜子仁一粒都不剩。这时候，我又有些后悔了，别介把那小东西给吃坏了，真的死给我看。

这一天，我心里忐忑不安，不敢大声说话，也不敢有大的动静，还给它准备了面包屑，就等着它出来。

小老鼠真的又出来了，就在我的脚下，很大方，我拿出手机拍它，它也不惧。我把拍着小老鼠的视频发给了朋友，朋友说它喜欢我了。我告诉他，那我就是大米，他嘻嘻笑。

第二天，晨练的时候我把这件事情讲给了琴，琴让我把她家的猫咪带到办公室去吓唬吓唬小老鼠，我说真心不舍得那样做，那么小一个生命，也没见过它什么亲戚之类的其他耗子出没。算了，索性就把它养着，看它能长成啥样，是不是也能懂得情感。

之后的每天晚上，我离去时总要在固定地方放点吃的，第二天一准儿没了。再有就是我床上不见耗子粪蛋儿了。它大概饱食之后也懒得去到处猴害，我也省心了许多。

事情总是那样的蹊跷。

那天，我听到了"噌噌噌"的声音，但不知道它在哪里，突然它从垃圾桶里爬了上来。之后，又钻到垃圾桶里。恰好工长进来，我告诉他垃圾桶里有只小老鼠，他二话没说就把它给抓住了，然后扔到了屋外面的大水箱里。等我跑过去，看到它正在水里游着，小嘴一张一合，毛发全部贴在皮肤上，四个小爪子在水里不住地倒腾

125

着。它一定是想上来,想弄明白为什么一下子失去了那种有吃有喝不用任何防范的生活,还连命都搭上了。

我让工长给抓出来,放走它。工长说:"一个小耗子也心疼,没你了。"

我说:"它大小是条命呢,快抓出来吧,看着心里难受。"

工长嘿了一声:"女人就是这样,心肠太软。"

说完话,他也没把小耗子抓出来。再看它的时候,它好像没力气倒腾了。我实在不忍心去看一个小生命就那样在挣扎中沉没,回到了办公室。坐在那里,屁股像扎了针似的,总想站起来,眼神总是扫向水箱,却没有勇气再去看它一眼。

我一瞬间发现自己不但没有勇气,还很懦弱,大概是一种伪善良。一时间很恨自己,转念一想又原谅了自己。小耗子在我心里死去过不止一次了,这次是真的死给我看了。

脆弱的人性

　　我想说的是：人的生命并不脆弱，脆弱的是人性。

　　曾经看到好多患有癌症的病人，有的没几天就挂了，有的活得比正常人还热闹。

　　记忆里有这样一位老校长，那还是我刚师范毕业的时候，分配到学校任教。老校长见我年轻气盛，除了委任我班主任这个官职，还让我给学校办板报。我一直把领导的重托视为：看得起我。每一次办板报的时候，老校长就在我的旁边站着，看着我蹦上去、跳下来，总是

嘿嘿笑着说："小李年轻啊，还是年轻好啊。"

说完就搓着自己的腿，感慨万千："唉，我这腿不好使了，啥也不干还尽出相，疼得不行，烤电都不管用。"

我那时好显摆，校长越夸越逞能，连画图带文字全包了。两块黑板报，中午也不休息，一天全给弄好了。

后来在暑假的时候，听说老校长被查出来是癌症。他是走着去医院检查的，知道结果后被儿子背着从医院里出来的。再后来，也就是十几天的时间，老校长去北京复查，过了十几天又回了大同。没到开学的时候，老校长竟然走了。从查出病到生命的结束也就不到两个月的时间，如此之快，全校师生都不敢相信。但，那确实是个事实。

再后来还遇到过好几个这样的病人。我家公公查出癌症时是80岁，开始好说歹说就不去做手术，但是不手术连一口饭都吃不进去了。最后孩子们哄顺着老人做了手术。人家心态那才叫个好，明知道自己是个癌症病人，每天开朗得很。记得老人曾这样说："吃了五谷咋能不生病，生老病死再正常不过的事情。我都不怕，你们更不要抹眼泪儿。"老人家天天坦然生活，日子过得和以往没有什么不同。他晒太阳、聊天，说起自己的病，就像是在说一个别人曾经发生过的故事，说完后嘿嘿一笑而过。七年后，老人家不是因为癌症复发或转移而离世，是因为器官与机能衰竭而走了。真的是很坦然地老去。

说起这样的病人，又想起我的那位同学，很优秀的一位医生。大学上了八年，硕博连读。毕业后在大医院做了"一把刀"。三十八岁的时候发现了癌症，没活出三十九。他成天给癌症病人做手术，每一次吃饭，他一说起病人，就感慨着说："那种病可千万不能得，不是病把你压倒了，多数都是过不了自己的那个关，是一种情结让人死。"这位同学他知道病其实并不可怕，可怕的就是心里的那个结，但是他心里的那道防火墙终究也没能抵挡住病魔。

我的那位老校长和我的同学，他们都没有过了自己的心理关口，被吓死了。即使他们嘴上不说，或者说着无所谓，一定要坚强地活下去，可是他们终究在心理上无法战胜自己。人的脆弱不是皮囊的脆弱，是内心世界的脆弱。真的印证了那个观点：不是生命脆弱，真的是人性脆弱啊！

我的姨父一生经历了太多的磨难，后来这个可怜兮兮的老头，孤苦伶仃有点老年痴呆。就是这样，还是自己凌乱地生活着。一日，表姐打电话给我母亲，说是姨父可能得了癌症。当时我爸就在身边，他从我母亲沮丧的面前拿过电话，告诉表姐，我记得很清晰，是这样说的："没事，你爹得不了癌症，即使是得了，病在你爹身上也发挥不了作用。过几天就好了，给你爹吃点好的，伺候上几天就没事了。"

挂了电话，我妈瞪大眼睛看着我爸，"你咋那样说话呢？"

"我知道没事情，你放心，过几天就好了，你就等着听好消息哇。那老汉死不了，罪还没受够呢。"

这可不是我爸在八卦，姨父过了一周，果然什么事情都没了，出院回家了。至于后来，什么癌症晚期的说法，并没有兑现，那个脑袋糊涂的老汉，到现在还活得很自在，一颗药都没有吃，生命还在延续。

我爸后来说，癌症患者要是抗不过癌症，就让自己变成个"愣子"，病毒自然而然就没了。再说，愣子还真的得不了那种病呢。即使是得了，街头晃悠，逮着啥吃啥，最后也就痊愈了。无知者无畏！无畏无惧无病无灾！

说来道去，一切疾病还是跟心情有关。生命很脆弱，但是比生

129

命还要脆弱的是人性。人性一旦坚如磐石，那病痛在生命面前，真的不算什么。病痛在强大的人性面前，自然猥琐成小鬼，慢慢隐退，直至消失得无影无踪。

拿我自己来说，也有过脆弱得不可一提的时候。

记得第一次胃疼是在半夜里，疼得逐渐厉害，开始呕吐。感觉有腥味从嗓子眼里涌出，不敢开灯，怕看到吐出来的是血，把自己吓个半死。窝着躺了半夜，直到早晨看到吐出来的东西带血，才去了医院。

胃镜是必须做的。躺在医疗器械与医生面前，疼痛已经让我不想去睁眼。只听到医生说："啊呀，这可碰到大病了，这么大一片全成了黑色。"我的脑袋一下子清醒过来，我意识到自己得了重病。那一刻我什么都没去想，平日里嘴上说的孩子呀、父母呀、爱人呀，什么都不在脑子里，我想到的就是自己完了。

幸亏有同学在这个医院，接到我的电话，很快过来，了解情况后说："这还是点啥病，吃点儿药就能治好，不过以后不要瞎吃海喝罢了，千万记住把那凉粉和酒忌了哇！"他说得很轻巧，我立马感觉没有那位医生说的那样可怕了。后来，经过一段时间的治疗，我的胃病好了，再后来我又开始吃凉粉，喝大酒了。想起那时候如果没有同学的轻描淡写，也许我那个胃病恐怕已被自己吓成了个"正气病"，在不在人世还两说呢。

前个阶段，没事的时候，我的左肋下面总是隐隐作痛，心想是不是胃病又犯了。自己告诉自己肯定不是什么大病，每天清晨早早起来，跑步、做操，大汗淋漓之后回家洗澡。之后便是一天的忙碌。疼起来忍一忍，不痛也就不予理睬。过了半年多，疼痛消失了。这样的事情发生在我身上好多次，一直相信心理健康才是身体健康的基础。

其实，说白了就是不在乎它。

就像对一个人一样，你若不爱他，也就没有什么伤害而言。

王尔德说："男人的爱情如果不专一，那他和任何女人在一起都会感到幸福。"其实把这句话翻个儿，也一样。

爱情一旦到了那种寻死觅活的地步，那就是得了爱情癌症。不少这样的患者跳楼、自杀。就是未遂，也是个癌症晚期的治愈者。他之所以能在后来渡过难关，终究还是因为人性强大了，也就是心理健康了，能正确地认识到生命的本源。应该割舍的断然割舍，人性的强大，必然是走出沼泽的动力。

当然，这里说得是常理，如若人生不按常理出牌，突发了生命凋零事件，那与人性是否强大或者脆弱就毫无瓜葛了。

闲聊文字与读书

  读书到底是为了什么,如果我们排除做学问很实际的目的,读书就是我在吸取营养,把自己丰富起来。我自己感觉,读书最愉快的是什么时候,是你突然发现"我也有这个思想"。最快乐的时候是把你本来已经有的,你却不知道的东西唤醒了。——周国平

  我对文字的确很敏感。但是,有时候还是觉得在文字的世界里,我只是捏住了它的一个边角。走得很艰难,恍若误入歧途却难以自拔。

这也是我对我自己生活的总结。不光在文字这件事上误入歧途，每一件事情都是这样的下场。为什么，逞能！有时候我自己在心底里全明了，还劝自己呢：人贵有自知之明，不要"小鸡吃绿豆——强努"。可是，劝归劝，到逞能的时候依旧认不得自己。

两个备战高考的孩子要速战作文，家长好几次电话里要我帮忙，自己左思右想能接这活吗？还是经不住浮夸，应下了。没想到，两个孩子的文章写得比我想象中好得多了去了。讲文学知识已经没有什么意义，只是考虑到应试技巧，说说而已。听者很认真，只是感觉说者还是没点到位。

再说，我还是第一次听说应急高考作文，真是第一次。这第一次给高三学生讲作文，就像第一次给大学生讲文学创作，很谨慎，也很牵强。

押题是万万不可能的，只能告诉他们写作要放轻松了，不论入手什么题目，冷静审题之后，立马进入文中角色。画面在眼前，文字自然流露出来。最终是让判卷老师也走进你的画面，当他不舍得走出来，你的作文就成了。

我给他们讲了一个很现实的例子。我姑娘在一次模拟语文考试中，作文题目是这样给出来的：一位滑板冲浪爱好者，就喜欢挑战。一次天气预报说有大风大浪，提示是蓝色预警，勿在海上运动。他不听，任性地挑战了，在恶浪里没有想象的幸运，他被大浪卷起，摔到了崖石上，葬身大海。后来，有好多队友出来寻找他，都没有结果。

就是这样的一个材料，姑娘入手就是《生命的脆弱》，用笔墨对生命进行了一番痛彻心扉的感悟。这次作文分数不高，原因就是脱离了材料的本意，所以阅卷老师不会看好。依我看，题目就应该直接定成《过分任性就是无知》。不要说什么人定胜天，在自然灾害面前，人真的显得很无助。比如地震、山洪、泥石流等来临，必须选择逃生，不能去抵御，这个真的没法用你单薄的身体去抵御。就像那位任性的水上冲浪者，无知地要和恶劣的天气进行抗争，这简直就是玩弄生命，栽了那是预料中的事。我们的笔锋应该直接指向他无视生命的侥幸心理与任性的无知上。

两个孩子轻松地出了口气，我反而陷入了沉思。

作文本来就是平时的积累，这样仓促地说一说，能起到作用吗？也许只能给他们减压，暂时性地感觉作文不是个什么鬼东西。其实，作文它就是个鬼东西，真正能写到判卷老师心里头的，引起共鸣的能有几人？

作文并不可怕，可惜的是我们阅读太少。高三了就不去说那些废话，告诉我们小学、中学的孩子们，海量阅读，就是破解写作的密码。

但是，读书也是有方法的，这个真的需要指导。

趁着思维正是最敏捷的时候呢，赶紧读书。就像我现在，看书总是边看边忘，文字过目后就飞到九霄云外，再想寻找那段感动的文字，如同大海捞针，总是记不起在哪本书里见到过。心里光急，却无济于事。

眼下电子信息狂轰滥炸了人们的视野，那个安静读书的年代逐渐远离了我们的生活。大人们是浮躁不安的，孩子们一定也是蠢蠢欲动。

与朋友们小坐，聊起读书这件事。他们嚷着让我推荐几本可以看上瘾的书。

这个可以上瘾的书我真是推荐不来。为什么？因为，读书是一种个人情趣的需求，依照自己的喜欢去各取所需。这个不同于医生治病，伤风感冒了，都可以去喝那个"伤风感冒胶囊"，甚至都去喝白开水，一周时间痊愈。

再说读书是一个习惯，是个久而久之的习惯，甚至是人一生养成的习惯。我不建议在手机上阅读，我叫那种手机阅读为"合口味的浅阅读"。手机上五花八门的东西太多了，最吸引我们眼球的肯定是那种，最贴近我们内心的东西，这种东西一定在我们的理解能力之下。因为只有清浅的东西，我们接受起来才轻松愉快，当然也是过眼云烟。我们总认为那种贴近精神的东西，就是我们需要的那味鸡汤，能够超度我们的浮躁，抚慰我们的灵魂。其实，不然！

我还是喜欢读纸质的图书，既然读书，就要全身心地投入。

朋友还说，她连半个小时的书都读不进去，一拿书就没劲儿了。总感觉不如抱着手机看微信或其他信息中的内容有精神。我告诉她，读书和运动一样，需要强制和坚持。

我在给大学生讲文学创作的时候，特别提过关于阅读这件事。阅读一定要做到仰视。看高于我们的读物，这样必然是枯燥乏味，也一定需要强制自己去用心对待，坚持读出其中的奥妙来。到那种时候，也许你就会对一本书有了恋情，也就爱不释手了。

我说，读者读到一本喜欢的书，就是读者与作者的一场艳遇。在对的时间里，遇到了对的事情，升华了自己。那种清浅的阅读之火，也就慢慢被浇灭了。

当然写作的技巧，必然需阅读来做铺垫。就近几年语文考试而言，写作越来越占着不小的比分，这必然需要孩子们从小就要热爱读书。普希金这样说："人的影响短暂而微弱，书的影响则广泛而深远。"

对于文字的美，只有认真读书，才可以真正体会。你若能沉浸在书香之中，写作也就不算什么事了。其实，我写作只是为记录自己的思想。你若读书，芳草天涯！

爱，低到尘埃里也要开花

见惯了树上花，潜意识里，花就是高居于枝干之上。

那日下午，阳光不错，心情不怎么好。我好像到了更年期，去年从日本回来到现在，整整一年了，心总是隔一段时间就会出现乱跳的节奏。就像编排好的文字，本来整整齐齐的，突然出现了乱码，心情顿时不再美丽。

心乱跳的时候，我什么都不想干，只想出去走走。哪怕就在附近溜达一圈，往眼睛里放

点明媚的东西，走走停停看看想想。这样，有时候乱跳的心脏也会排列有序，回归平静。

我父亲有心脏病，我有时候也会想，是不是会遗传到我这里。按道理，遗传也不到时候呢。父亲在前几年才发现心脏有问题，按医生说，他的病与他从小抽烟有关。照这样说，遗传基因之说也被打翻了。不知道什么原因让我的心脏总要不舒服，倒是有一个自己可以治疗的偏方很实用。那就是：每日很规律地休息，不去参与任何活动，这样坚持几天，心脏也会平静下来。

在御河边走的时候，瞬息，撞入眼目的是那艳丽的堆满枝头的榆叶梅，在春风里开得娇媚欲滴，如同烈焰红唇，吻醉了春天。低头时，看到了它树干根部的土壤上落满了花朵，心想：这是哪个熊孩子将这美丽打落满地。

细细看来，不像啊！

再细细看来，真的不是谁在破坏，而是从地里破土冒出来的一朵朵花。这花，没有染尘，低到尘埃里去了，依然艳丽似火。

我被这低到尘埃里的爱，却要开出娇艳美丽的花一时感动了。这种触动直抵心灵，看着眼前的"地生花"，我想哭，极想，极想。

我就叫这种低到尘埃里开出的花为"地生花"。

这花在地上娇艳着，但谁都不知道它的牙咬得有多紧。感觉它就是这样没心没肺地开了，不拘小节，不论环境，但谁又知道它在哪个时间段悄悄落泪呢。长不到枝头上，即使在地面也要顽强绽放。

美，纵然低到尘埃里也是美。这个不可否认。它好似一种孤独，独自绽放的孤独。

生命短暂，时光却很悠远。

这破土而出的生命，像极了一类人。他们在人生中拼搏奋斗着，却永远没有在枝头绽放的可能，只能低到尘埃里默默开花。

还有，这种低到尘埃里的爱，像极了她。

她说：爱上一个明知不值得爱的人，却又爱到不能自拔，为了这个人甚至可以失去尊严。无数次，她在心里默念着那个人，那个给予不了她任何物质享受，却能把她心掏空的男人。她慢慢地说，这当然是爱，很犯贱的爱。最后，她为了这个男人，勇敢地放弃了很多远离这个城市的机会。她平淡如水地说，这个城市有她爱着的人，爱一个人就倾这座城。

但是，结果很不好，那个男人在有钱的时候，一下子将她忘记了。听说，有个女人替代了她的角色，当初从来不舍得给她花钱的男人，在这个女人面前出手阔绰。

她没有一丝悲凉，简略地说了这几句。

这个世间真有这样的人，即使失恋了，被人伤害了，仍能够保持一种优雅的姿态，不纠缠、不抱怨，华丽转身，把曾经的风花雪月都留在身后。然而，这样的人毕竟是少数，而且也会让人怀疑，不痛的、不纠缠的爱情，到底是不是真正的爱情？是的，我们都傻过，但是，也正因为这样的傻，才会让我们成长，才会在下一场爱情战争中成为聪慧女子，进退有度，把握住真正属于自己的幸福。

　　她说，她现在很幸福。滚滚红尘中，有多少人的感情，经不起平淡的流年，忘了曾经许下的诺言。当初的红玫瑰再浓艳，也会成了墙上的一抹蚊子血，却成不了他心口珍藏的朱砂痣；当初的白玫瑰再纯美，也会成了衣服上的一粒饭黏子，却永远是别人窗前的明月光。她只是说，她遇见了生命中不该遇见的人。只能变得很低，一直低到尘埃里去，而心里至今仍然是欢喜的。

　　我看她淡然得就像那泥土里冲出来的"地生花"。素年锦时，花落无声，我能看到她的心依然在痛！

　　一个人总不能因为受伤害了而不去生活，上天让你历尽苦楚，只是为了让你更加接近命定的幸福。所有低到尘埃里的光阴，经过时间的打磨，照样也要开花。

　　哦，原来如此。爱，低到尘埃里也要开花。

笛声

林清玄的《等待的月台》讲述的就是一个在火车站等待爱人的故事。那个叫英的痴情女子，用一辈子的时间去等待了一个叫水的负心汉。就在地铁站里我遇到了一位像英一样的女子。

我把车子停在离地铁最近的停车场，拿了包，锁了车，向地铁口走去。说实在的，我都不知道我自己要去哪里，只是想走走。

进了地铁站，买票的时候一个姑娘就在我的旁边，她看着我掏钱，向我走过来。"阿姨，

您能帮我把票买了吗？"我看着这个清秀的姑娘，不像个骗子呀？其实我对骗子从来没有敏感性。对于女孩子，更是毫无戒心。"噢，姑娘，你是说我给你买张票吗？"姑娘点点头，伸出手机来，我马上就给您微信转过去，我只是没拿现金。"可以，可以。不转也可以。"但是，女孩马上给我转了过来。之后，她匆匆地走了，长头发飘在空气中，弥漫着淡淡的清香。

  我也转身离开了售票口，顺着走廊准备进站台。可能是在这里坐地铁的人少，也可能我是遇到了客流最少的时刻，反正此刻的地铁站没几个人影。地下的灯光诡异地闪烁着，照着我的影子长了又短了，我的鞋底与地面的接触声似乎很响，还造成了一种回音。这种场面我不喜欢，心里不由生成一种恐怖。

  突然听见一阵笛声悠扬飘过来，我心里顿觉有了壮胆儿的，朝着那声音走去，心里一下子想起了王维的一句诗"行到水穷处，坐看云起时"。眼前就是那个清秀的女孩，让我代她付款，又微信给我钱的那个姑娘。那首曲子也是一首我熟悉的老歌："人随风波只在花开花又落，不管世间沧桑如何，你已乘风去满腹相思都沉默，只有桂花香暗飘过……"这是《八月桂花香》，眼前的境遇，让我猛然猜想到姑娘失恋了，她是个有故事的人，她的笛声里有心碎的东西。

  她站着吹笛子，旁边有一把软凳子，类似马扎。我想给她拍照来着，但是我又没拍，我怕姑娘不同意，又怕打破了这份宁静。呼的一阵风，列车进站了，我看着她依旧沉浸在自己的笛声里，想与她交流的机会被列车搅没了。匆匆跑上列车，随着轰隆隆的声音，远离了那凄美的笛声。

  下了地铁，进了"金地广场"，也没什么心情转，所有陈列的商品贵得出奇。我可能进入了奢侈品店，一件内衣背心标价4600元，哇，乍舌了，乍舌了，衣服包包鞋子都在万以上。就让眼睛感受感受富人是怎么个消费吧。商店里到底还是人少，导购姑娘们个个打扮得漂漂亮亮，我被一个劲儿地亲切问候着。我想着："你不说你自己是个穷鬼，谁还能知道你是五还是六呢。"就这样，自在地转悠了一圈，被昂贵的商品撵出了门外。

想回到刚才地铁站里，想看看那个姑娘在不在了，也想再听听那段悠扬的、寂寥的笛声。

返回到来时的地铁站，女孩儿还在，吹的还是那首曲子，是前半段"幽幽一缕香飘在深深旧梦中，繁华落尽一身憔悴在风里，回头时无情也无语，明月小楼孤独无人诉情衷……"曲尽，我看着她不说话，等着她说。

"阿姨好！"她问了我，我这才开始说话。

"姑娘，你在等人吗？"

她有些诧异地看着我。"阿姨，您怎么知道？"

"看着像。"

"是的，我在等他。"

我知道故事来了，不能再多说，等着她来说。

"我们在一个月以前就是在这里走开的，他再没有回来找我。"

"哦，怎么就走开的？"

"他和我已经相爱两年，在我们下到地铁站的时候，车过来了，他拎着我的包，我拿着笛子，他冲上了车，我没赶上。就是这样，他却没有再回来，再也联系不上他。"

"姑娘，我想你一定受骗了。"

"可是我们相爱了两年了啊？"她说着泪已经流到了嘴角。

"即使是相爱了二十年，那你也是被骗了，只不过他一直在骗你，你一直相信着他。逃离是最好的结局。"

女孩摇着头，流着泪，说着："不可能，不可能！"

这时，林清玄的《等待的月台》的画面跳入了我的脑海。那个痴痴地在月台上等了三十年的英，就是眼前的这位姑娘。那个由青春等到老年的女人叫英，那个负心的男人叫水，这样的故事竟然在信息爆炸的时代重现了。不是看见，不会相信；不是看见，不会再一次想起那个叫英的女子。

英在车站的留言："水，等你没等到，我先走了，英留。"

"水，等你三十年没等到，我先走了，英留。"

英穿着三十年前与水第一次见面的衣服，卧轨了。

真的碰到了英一样的痴情女子。

想想那个和水一样的男人是多么幸福的一个人，竟可以获得如此深切的爱，可是，他又是那样的卑劣至极，他怎么就可以欺骗如此善良的女孩。

也许我的劝说太不深刻，也许是她痴情太重，她没听我的劝说，又开始吹笛子了。笛声中透着丝丝凄凉，英的影子就这样重叠在她的身上了，那个水一样的男人是不是会回来，也许吧。

轮回

佛说：生命如车轮旋转，循环不已，故云轮回。我安慰自己，周末已经轮回，但愿安好！

又梦见周末了，在梦里还听到了它的"汪汪汪"叫声。心顿时绷得很紧，猛地坐了起来，泪由不得自己，又一次涌出眼眶。

擦干了眼泪，走到客厅，倒了一杯水。拉开客厅的纱幔，月亮弯弯的，孤寂地挂在当空，冷冷的光照在地面上。外面的楼宇偶尔也有一两个亮灯的窗户，也许他们也是梦见了什么。

小区的灯光工程不如外面大马路两边的热闹炫美,星星点点地点缀在黑漆漆的夜色里,有气无力地闪烁着。

想想这段没有周末的日子,真的很凄凉,虽然节日的气氛依旧浓烈,可是自己内心深处还是没能被渲染得亮丽起来。

往日我半夜起来喝水的时候,周末一定会窸窸窣窣地跟在后面,等我喝完了水再一次钻入被窝了,它才静静地睡下。现在,我身后没有什么动静,叹了口气。周末就像一个小精灵一样,不断地闪现在我眼前,又不断地消失。在这样寂静的夜晚,思念它是必然的。

真是对周末有感情了,自从它不在了,我看书都不在心上,更别说写作了。是写了不少关于周末的回忆文字,恰巧正逢这样的好日子,也只能写在纸上,让自己看看,没必要影响读者们过节的心情。有好多读者通过公众号问我,"这些天看来是醉酒人生了,不见出文。""节日的气氛点燃了,烧尽了文字。"等等。我看了看没做回答,之后索性也不去翻看后台留言了,想着,过段日子我会给读者个交代,这篇文章就算吧。

也许没养过狗狗的人万辈子也读不懂失去狗的这份伤感情怀,也许我本来就是个性情中人,对情感看得更重一些吧。那段时间我不接电话,也不回任何人的微信,实在怕对方担心我这些日子是怎么了,就简单地告诉之。对于外出吃饭什么的应酬,更是不参加,也不去请任何人。

大概人在苦痛的时候,总是要拿一些和自己有过一样伤痛的人来比对,这样也许可以减轻一些伤感。

我想起了琴,她失去狗狗的时候,似乎没有看到她有什么反应,那些日子我经常和她在一起,她也没有说自己如何思念她的爱犬。后来才知道她在家里默默地哭泣了好多次。我甚至想到了张姐,她母亲突然就不在了,在我们看望她的时候,她笑了,说在第五天的

时候，她看着母亲安详离去的容颜，突然释怀了，生死轮回，母亲已经重生。还有一些有过苦痛的人，我不断地从思绪中把他们的痛与我的痛并列着，慢慢，我发现我也释然了。

佛说轮回转世，一直感觉这个很渺茫。总认为生命是一盏灯，突然间灭了，再也无法点亮。什么天堂地狱的，什么涅槃重生的，总是被自己推翻了，只是为了让心里安然一些，重新认可罢了。

大概对佛经读得甚少的原因吧，所以对它的理解还是存在很大的距离。

生命真的很无常，不知道什么劫难突然就会降临。周末被汽车劫去生命，一想起它离去时的眼神，那留恋世界的眼泪，它冰凉的小爪子在我手里的缓慢抽动，经不住黯然泪下。

外面的风好大啊，漫天风沙，很是狂野，似乎吹开了我心里久久的愁绪。隔壁的孩子在弹琵琶,曲调优美,我听出了春天的感觉,好像看见了"桃之夭夭,灼灼其华"的灿烂。

不曾离去,何问归期?周末离去了,也不问它的归期。再美的宴席哪能不散?曲终人散时有尽,花落人亡两不知。师傅说得好:"心就像一个杯子,不能盛得太满,留出一定的空间才能放入蜜糖。"

周末走了,但愿轮回了,重生了。我想,这辈子我恐怕都不会再去养狗狗了,它定然在我的心里刻下了印痕,希望随着岁月的流逝,那种念想会慢慢得不再浓烈。

爱，胜过一切

　　毛姆是条不漂亮的狗狗，住在我家楼下的邻居家。它已经十二岁了，从去年开始，主人买菜时，就不再领它，它走路总是气喘吁吁，主人告诉它就在路口等着。等主人回来时，它原地不动地守着，嘴里发出一种"哼哼吱吱"的叫声，应该是高兴吧。

　　我与人很难相熟，因为养了狗狗，也因为我家的狗狗经常撩戏毛姆，毛姆的主人与我熟了，聊起了毛姆的故事。

毛姆是主人捡回来的一条流浪狗。当时被汽车撞翻在地,主人刚好就在路边,汽车飞驰而去,毛姆"吱吱吱"地拖着一条腿,挪到路边。就在主人的脚下卧着,舔着流血的伤口,眼睛里有泪水流出,眼神里有无助的祈求。主人弯下腰,将它抱起来,毛姆的泪滴在主人的手上。它的头耷拉在主人胳膊上,张着嘴喘着粗气。主人被毛姆的眼神软化了,她的心似乎被一种叫生命的东西撞击着,抱起毛姆就去了附近的宠物医院。

毛姆命大,在医院里治疗了几天,就好起来了,开始走路颠簸,后来正常了。从此,毛姆成了主人身边的一条"跟屁虫",一天屁颠儿屁颠儿地就在脚下随着,从来没有乱跑过。

那时候毛姆也就是一岁大的样子,从此也就有了这样一个很文学的名字。我想,主人大概就是觉得这狗狗无亲无故的,半道上又受了这般折磨,和文学家毛姆有点相似,就情感用事,起了毛姆这样的名字。也或者主人一定喜欢毛姆的作品,喜欢那种淡淡的忧伤,将这样的悲情强加在一条狗身上。总之,之后的十多年里,毛姆一直陪伴着主人,感情可想而知不浅。

不过,毛姆在六岁的时候丢失过一次。那时候,主人一家已经将它融入这个家庭里了,突然把它丢失了,就像把孩子弄丢似的,一家人沮丧不堪。他们到处张贴寻狗启事,逢人就告诉他们给留心一下身边的狗狗,对照着照片上的狗叫一声"毛姆"。一家人在毛姆走失的广场附近寻找了好久,最终还是没有结果。十多天过去了,他们觉得没有希望了。毛姆长得不漂亮,只是一条普通的杂狗,卖一定不值钱,收养的可能性也不大。一家人都认为,一定让一些无聊的人给杀了吃狗肉了,因为毛姆长得肥壮。

那是夏季里最热的一天,中午火辣辣的太阳炙烤着大地,柏油马路都要融化了。人们都在家里待着,极少有人在户外活动。毛姆

149

主人一家还沉寂在失去毛姆的伤感中，谁的言语都很少，饭后各自都回屋里休息。女主人翻着书辗转反侧难以入睡，书声哗啦哗啦作响，还伴有轻微的叹息声。

突然，一阵熟悉的狗吠声从楼底下传了上来，"啊，太像毛姆的声音了。"

她立马爬起来叫丈夫和孩子，"听，你们听，好像是毛姆的叫声。"

的确楼下有狗吠声，丈夫说："这都第十一天了，毛姆不可能回来。"听了又听："难道真是它回来了？"说着，穿着睡衣拉着女人和孩子就冲到了楼下。开了楼宇门，眼前有个浑身上下沾满乱草、尾巴上缠着一截铁丝、眼睛红得要滴血、毛发凌乱不堪、四肢沾满泥泞的小生物，可怜兮兮地蹲在地上喘息着。看到了主人一家，一下子跳了起来，爬到每个人身上都要舔一舔。它从沙哑的喉咙里

发出一阵阵呜咽的声音,那声音如同婴儿哭泣。主人一家看到毛姆一阵惊悚,这是真的吗?但是再一看它被欺凌的狼狈相,真的是毛姆。这样的惨状远远比第一次让汽车撞飞更震撼人心。他们抱着毛姆,流着泪回家了。

一进家门,主人给弄水找吃的,把尾巴上的铁丝解开。毛姆顾不得什么了,"吧嗒吧嗒"不住气儿地喝水,之后才慢慢吃了点粮食,转过头来。那滴血的眼睛、渴求的眼神、蓬头垢面的形象在诉说着一段经历了漫长的、被欺凌的、忍受饥饿与高温的、寻找主人的逃亡生涯。

毛姆经历了什么苦难?主人只能猜测。喝水后,它开始在每个房间走了一圈,之后乖巧地卧在女主人身边,没几分钟就安然酣睡了。

从此,毛姆再没有离开过主人半步。

是什么让一条小狗狗在十几天的折磨中,毅然决然地又一次找回到主人身边?是爱吧!

从第一次把它救起,到六年来点点滴滴爱的相守,使它不论被处置成什么鬼模样,都要回到主人身边。它一定知道主人因为它的不在会日夜思念,茶饭不香。所以它会不惜一切代价地逃脱牢笼,飞奔回家。磨难、挫折与伤痛都不算什么,爱可以诠释一切代价。毛姆回来了。

的确狗是忠诚的。我写作的时候,我的小狗就在我身边卧着,它均匀地呼吸着,神情自若地闭着眼睛。即使是我翻书、起身倒水、拖鞋趿拉的响声再大,都无法打扰到它的睡眠。可是,只要听到门口稍微有一点响动,它的小眼睛立马就睁得圆溜溜,耳朵竖起来,警惕地跑到门口,"汪汪"几声。有时候我根本没有听到门外有动静,它这样一提示,我也就知道,哦,有人回来了。它之所以能那样安然入睡,还是一种爱,知道我爱它,才没有半点警惕心。

看到过一只被救了的小企鹅，每年它都会不远万里游到救它的老人那里。这万里多的路程，要经历多少惊涛骇浪、风雨无常、凶险不定，就为给老人一个拥抱。是爱，胜过了一切！

同事经常开玩笑说，她家的鱼即使是簇拥在一起，看见她就散开了。然而她的丈夫一经过鱼缸，鱼都会将头统一朝向他，神态悠然。她说，她经常对着鱼骂丈夫："自己都懒得收拾，还养一群鱼。"谁说鱼儿的记忆只有七秒？谁说鱼儿不懂忧伤？只不过是鱼儿在水中流泪，你看不到罢了。如果七秒，它怎能记得两位主人的不同之处。还是爱，胜过了一切！

时光如一指流沙，苍白了容颜，温润了岁月。有些爱，淡淡地泛着馨香，默默地温柔陪着，成了心中的一股暖流。这个世界上，最美好的不过是：人与人，人与物的长情陪伴。且行且珍惜吧！有了爱，便胜过一切告白！

围城里的完美陌生人

高考之后，又迎来了一个离婚高峰，那对混沌凑合在围城里的完美陌生人，终于松了口气，成了真正的陌路。

于力和董香君从民政局办完手续走了出来，那个大红色结婚证变成了紫色的证件，各拿一本，分道扬镳了。他们谁都没有回头再看一眼对方，拉锯式的持久战一直维持到现在，可能也只有中国人能做到。

一场大雨浇过，天湛蓝。于力抬起头看看天，长长地嘘出一口气："人这一辈子真不知

道要怎么活，才算是真正活过。"他自言自语道。想起二十年前，他们是自由恋爱走到一起的，如今又是自主选择了离开。这搭错车的事情不怨谁，就怨自己。

于力边走边想着，泥土香窜进了他的鼻腔，他想起了，第一次见到董香君就是一个这样的天气。雨后出现了彩虹，他想："这彩虹就是一个很好的寓意，一头连着她，一头连着我。爱情经得起风雨的考验，最后见着了彩虹。"没想到，分手之后也看到了彩虹。这分手的彩虹叫什么呢？于力真的无法解释了，低着头该去哪呢？漫无目的地瞎走。

于力的影子在地上的水坑里清晰地倒映着，还有蓝天白云。他想起了董香君——

一场大雨过后，地面湿漉漉的，董香君提着白色的长裙，踩着高跟鞋小碎步踮着脚走着。裙子后摆处溅了好几点泥水，晕开了，像水墨画。她刚刚分配到于力的单位，还分到了于力的隔壁办公室。于力知道分来一位高个子美女叫董香君，心想着要过去看看，又不好意思。下班的时候，恰巧遇上了，于力脸上乐开了花，想着："正好让她搭一程我的车，套套近乎？"

于力骑着摩托车靠近了董香君："嗨，董香君。"董香君听到有人叫她，忙回过头看。没等她张口，于力就自我介绍了。

"我叫于力，在你隔壁办公室。"

"哦，你好。"

"你好，你家住哪儿啊，我捎你一程。"

董香君说了自己的家，于力高兴地说，和他家不远。于是，这一程捎的，竟然捎成了媳妇。半年后，他们结婚了。

"那时候挺好啊，从哪一年开始婚姻出现了裂痕？"于力边走边嘀咕，边回忆。

七年。

七年之痒没说错。

那时候孩子六岁，他们的婚姻失去了激情，于力每天在家与单位穿梭着。董香君为了照顾孩子调到了本单位的一个服务公司，上下班比较自由清闲。这样的生活从孩子两岁一直复制到孩子六岁，这时候一个年轻的身影撞进了于力的眼眸。从此，这个安静的家庭再没有安静过。

姜妍大学毕业后在私企干了五年，要不是父母不断催促她到一个安稳的单位，她才不会离开原来的企业。为了父母安心，她选择进了事业单位，并考入了于力所在的部门，成了他手下的兵。

开始他们彼此谦让，从来没有什么非分之想，就是那次单位加班，让他们顿时感到了来自对方的温暖。

上面领导来视察，要在当天把文件全部传达到各个部门。姜妍拖着疲惫的身子，一直干到半夜一点多才收工。那天正好是于力值班，姜妍趴在桌子上小睡了一会儿，被于力看到了。他拿了一条薄毯子给姜妍盖在身上，她没睡着，睁开眼看了看于力，站起来说自己只是眯一会儿眼。于力看着姜妍，心生怜悯，眼睛在半夜里放出了一种难以言表的光。那颗似乎寂寞了很久的心，被一种蠢蠢欲动的痒抓挠着。美人的困倦更有三分妖娆，于力按捺不住自己的欲望，和姜妍进了自己的办公室。就这样，一段漫长的情感拉开了序幕。一直到他们离婚，姜妍还是单身。

董香君无数次想从那个围城里解救自己，但是一想到孩子，她就只剩下自我安慰和委曲求全了。她怕影响孩子学习，她内心无论如何苦涩，都要装作若无其事的样子。在外人面前，于力和她演着一对完美夫妻，一回家便都卸下伪装的面具，彼此成了完美的陌生人。分床睡觉，谁都不去过问谁的事情，除了孩子的花销，他们的经济都是各自独立。

于力和董香君早已协商好了,等着孩子高考完,把孩子安顿妥当,他们就去离婚。原先,他们还有点顾虑孩子的感受,当他们拐弯抹角地和孩子说离婚一事时,让他们意外的是,孩子竟然没有一点痛苦的表情。坦然地说:"你们分开是最好的选择,我都不愿意看到你们互相折磨了,但愿你们都幸福!"孩子会说出这样的话,可见一直在关注着他们彼此折磨的婚姻,在这种婚姻的氛围中成长,孩子什么都明白,只是不愿意说罢了。

那一刻,他们又想到了不分开,还是为了孩子。但是孩子告诉他们:"分开吧,没有感情的婚姻又有什么意义呢,何必要再折磨下去。什么时候你们都是我的父母,我知道你们在一起不幸福。"他们不知道该说什么,没想到煞费苦心地扮演着一对完美的陌生人,原来孩子什么都明白,原来孩子比他们俩更累。

幸福的家庭很相似,不幸的家庭其实也很相似。高考之后离婚的家庭,离婚之前都存在同样的纠结。其实,孩子心里亮堂得很,只是一直为父母装着。孩子也希望生活在一个完美家庭的庇护下。但是,一旦看到家庭裂痕已成峡谷,也就没有什么想法了,只有用一颗挚爱的心,祝福父母。

当热情和激情都成过往,当家有儿女初长成,当中年来袭,有多少夫妻维持着貌合神离的关系,在看似美满的婚姻家庭中混沌凑合着一种围城里的完美陌生人。高考之后,离婚的巅峰再起波澜,围城里的完美陌生人,冲破围城,走出围城,又进入了新的围城!难道不是吗?

冰水里燃起的火焰——读《无端欢喜》

读完余秀华的《无端欢喜》之后,激烈的澎湃与长久的温热共振了。

西北行的时候,我是带着《无端欢喜》上路。每一次出行总得带一本书,这次也不例外。人民书城的小栗送给我这本书的时候,我顺便就答应了她,"我会给这本书写书评的。"她满心欢喜。其实,每读一本书,我都会写点感受,是自己忍不住想写,并不是想为人家服务什么。小栗和我一样的性格,在对的时间里遇

到了对的人,无端欢喜着。这样的心境肯定叫契合。

余秀华写了《穿过大半个中国去睡你》就火了。这首诗激发了不少男人的荷尔蒙,在他们心里产生了巨大的"毒"。甚至有些激情无法按捺的人,不远千里万里去找余秀华,去了那个叫横店的村庄,见到了一个有残疾的女人。喝完一顿酒,荷尔蒙顿时消失殆尽,马上离去。

原本渴望的荡妇并不荡,无趣至极,匆匆离去。可见,男人都是很纯粹的动物,原始的初心无法改变。哪有什么无端欢喜,万般皆思绪。

看《无端欢喜》时,心里一直想着史铁生。我把他俩放在一起,感受着一种来自生命本源的力量,像在冰水中燃起的火焰一样。身体的残缺只能阻碍肉身的自由,根本无法阻挡灵魂的自由飞翔!

当我看完《无端欢喜》时,没有急着去写书评,觉得还要再拜读一回史铁生的《扶轮问路》。在雨天读史铁生的文字,字字戳心。

史铁生从来都有爱情陪着,他的身体与灵魂里有女人的幸福味道,很是温暖。我想他在天堂里也有爱情。余秀华婚姻失败之后一直很鄙视爱情。她认为爱在人性面前简直就是一个谎言,当爱情没有能力给对方不一样的营养和喜悦,生命将就此枯竭,不如不爱。因此她对于爱情的需要,已经低于对其他事物的需要了。

我是赞同史铁生的活法。世界因为雌雄存在才有了世界,男人身边要有爱情才可以长寿,女人身边要有男人才可以活得漂亮。一个人不需要异性了,这未必不是一种心老而人也将老的提醒。

余秀华想着要让爱情深深嵌入到身体与灵魂中去,这似乎说起来容易,做起来不是简单啊!如此高尚的爱情,大概只能是一种理想吧。对于爱情,干吗非要嵌入得那样深刻呢?即使不够深,一旦剥离也会导致生生地疼痛,深了那要是剥离去,不是要命还是啥?理想与现实总是有差距。

爱情这东西不是如走平地，一直能四平八稳地爱着。它更像爬雪山过草地，各走各的，冷了彼此暖暖，累了彼此靠靠。若是遇到了沼泽湿地，爱情就不能挣扎，越是挣扎死得越快。这时候不去挣扎，平稳过渡，也许就走出了困境。爱情也像心电图，一条直线了，没有跌宕起伏，那也就死了。嵌入得太深，未必就是一种最好的爱情。

不过，他们对死亡的看法一致，都认为不要急，死亡一直在等着你。因此，他们都特别珍爱生命。他们的生命都从狭隘走到了宽广，这样的生命必然受到敬仰。

真是有多顽强的生命，就有多纯粹的骄傲。他们都很骄傲，也都值得骄傲。

我亲眼看到过姥爷的死，他离去得很坦然，像睡着了，只是没有醒来。

姥爷生前是个读古书的人，读了太多的易经风水书，因此他也就成了当地小有名气的"卜先生"。他躺在那里一动不动的时候，我就想，他能算出那么多人的生死去向，为啥不给自己算算？在姥爷没有离世的时候，我一直相信这个世界上一定有鬼和神，也相信姥爷能把控了生命的长短。等到姥爷很安详地躺在那里一动不动时，我的天灵盖上突然间闪现了一种光，相信人死如灯灭。鬼神并不可怕，人才是蛊惑人心和主宰人心的魔。

生与死都不由个人去选择。

一个人，出生了，这就不再是一个需要辩论的问题，而只是上帝交给他的一个事实。上帝在交给我们这件事实的时候，已经顺便保证了它的结果，所以死是一件不必急于求成的事，死是一个必然会降临的节日。

他们说的话大致就是这个意思，我认为比起孔夫子"未知生，焉知死？"的反诘和逃避要更容易让人接受。最起码，余秀华和史铁生都没有回避问题。他们老老实实地告诉你：生是一个事实，死是一个必然。

关于信仰，他们都有很多精彩的思辨。

余秀华的妈妈爸爸信佛，她的奶奶信基督教。奶奶是个很顽固不化的老人，而且几次三番地反对儿子与儿媳的信仰。甚至还把香炉打摔好多次，余秀华的母亲毫不示弱，无数次地反抗、对仗，终于各信各的。想来，基督和佛都是想让人沉静下来，健康平安，大富大贵。追求现世的安稳，来世的富贵，或永恒的天堂。但是奶奶到死和她母亲也没有和好。看来信仰是深入到思想里的东西，若只是口头上的信，心里不存在仰，那不叫信仰。像奶奶和妈妈这样的信徒仅仅是在寻求自己好处。其实，这个世界上大多数信徒和奶奶妈妈一样，都是在寻求自己的好处。

听说史铁生在生命最后皈依了基督教。他一定是个真正的教徒，不可二议。

余秀华和史铁生的文字都是手术刀，刀刀刻在了世人的病痛上。

透过他们的文字，我看到了无限的坚强。是坚强成全了他们生命的色彩，成全了他们文字的精彩。

我一直认为苦难是磨砺人生的磐石，也是生命最浓烈最幸福的一部分。

平淡如水的人生，分泌不出浓郁的香味。只有经历了苦难与艰辛与冷漠的压榨，才可以历练出坚强与勇敢，树立自信的标杆。

余秀华在冰水里生存着，她本来不打算走出横店，不想了解外面的世界，但是她走出了，看到了，同时也看到了人本恶的劣根性。外面的世界很精彩，也精彩了她的人生，润色了她的文字。她用最现实的语言，诠释着内心里的欢喜忧伤与无奈惆怅。在机场台阶上摔倒后世人的无视，行走在芸芸众生中的各种关爱，在横店小院子里的花花草草，春风落叶泥土的味道……

各种人的各种邂逅，每个春秋的每种变化，以至于她思想感情的波动，在余秀华的笔下都丰富成了写生画，都透着浓浓的现实气息与坚韧的精神。

如果说史铁生的文字是彼岸的语言，是衡量此岸世界的尺度。那么余秀华就是站在此岸观望着，写彼岸的人。

他们都是用文字为那些俨然消失的时光，为初心的渴望，书写着感动的影像。读他们便是无端欢喜。

砸不烂的四妹子

陈忠实先生笔下的男人大多属于雄性激素超标的汉子，女人一般都是男人荷尔蒙下的欢愉。四妹子不受男人摆布，她自己头硬得很，硬生生给自己闯出了一条属于自己的大道。

合上《四妹子》，我嘴角上扬，禁不住笑出了声来。因为陈先生文字荡气回肠，因为四妹子的性格契合了我心目中的女神形象。

四妹子告别了大和妈，唯唯诺诺地坐在了去往西安找婆家的车上。一路上，看到一个个形形色色的人，看着家乡不断向后退去，她憧憬着美好的未来。她想，到了西安，找上好人家，就会彻底告别吃糠饼子的日子。想想那糠饼子，四妹子的嘴里就干涩，肚子就胀。吃下去拉不出来的那个难受劲儿，四妹子想起来就憋得眼泪汪汪直打转。

车过铜川后，四妹子被眼前的景致猛地惊醒。她开始呀——呀——呀——地直叫：这就是关中平原，呀，村庄这么大！呀，瓦房这么高！呀！麦苗那么稠！这里已看不到一丝家乡的痕迹，窑洞离四妹子越来越远，糠饼子也离四妹子远去了……

四妹子在二姑家住下，接下来的主要任务就是相亲。一家家看过之后，四妹子心里有了一种难言的冲动。婚姻就是命，二姑虽然找了个跛子姑父，但是姑父对二姑那是真好，一切都是二姑说了算。有吃有喝，还能做主，这也许是农村女人想也不敢想的事。

这种眼前的幸福，直接影响了四妹子。她想开了，过往的命运她也顿悟了，人生被眼下安排好了就是件好事。

于是在第五次相亲后，她决定就是他了。

他叫吕建峰，吕老八的三儿子，身材高大，虎背熊腰，模样儿也过得去眼。四妹子把他与姑父一比对，觉得他最起码身体健全、长相周正、不跛不歪，挺好的。就这样一个砸不烂的四妹子在吕家诞生了。

婚后头一个月的美好生活结束了，吕老八把建峰叫到了屋里，郑重其事地告诉他："男人要把女人拿住了，嘻嘻哈哈的不成体统，不然日后到哪找威望。女人不能多说话，不能乱走动，不能……"一堆安顿，总之是让建峰成就一个大男人。建峰这个愣头青孝子，当晚就把他爹的一堆话和四妹子说了。并且就在当晚也兑现了和他爹的承诺：不喜不笑，不亲昵不拖拉，关灯办完事就睡觉。

他们的爱情由热烈如火，瞬间降温至冷若冰霜，让四妹子感觉从天堂掉到了地狱。天使正要展翅飞翔，你却要折断她的翅膀，四妹子如何能受得了这样的待遇？她肯定不服！不服就得反抗！

于是四妹子装病。四妹子这个时候发现自己怀孕了，恰逢二姑来家里，老吕家没有上待二姑，这两件事情更让四妹子内心充满了反抗意识。但是，反抗也不能大闹吧？怎么办？只能智取。四妹子思来想去就一个办法，装病。

软弱有时候要比强大更能战胜对方，更有杀伤力！

四妹子第一天装病没被人重视，那就继续装呗。吕家人要面子，总不能看着媳妇大躺在炕上好几天不动，心里不着急吧。

的确，一家人都着急了，公公婆婆都出声了，给了钱，安顿儿子快领着媳妇到县城去看病。这一走，走好了。

一路上，四妹子坐在自行车后座上，两手揽着男人的腰身，不言不语。进县城之后，就那些钱，全部吃光。男人惊讶这是来看病的？钱都花光了如何看病？四妹子精神头来了，病好了，打道回府。

回家的路上，四妹子又温柔又体贴，有歌声有笑声。这些日子被父亲教唆后积攒的压抑，憋得建峰也难受，开始他还硬绷着。最后在四妹子的爱抚下，那根紧绷着的弦儿终于断裂了。

四妹子这种比袒露身体更高级的性感，让建峰重温到了爱情的美好。

他那么年轻，向往自由豁达，他喜欢四妹子。在父亲面前，他当然成了一个倒向媳妇的叛逆者。

四妹子用这样的性感演绎了女人并不只是男人的发泄和欣赏对象，不是安安静静地存在，而是能大方展现自己的爱和欲望。甚至，男性是通过她们才获得成长的。

四妹子对待爱情是这样，对待人生也是一样的。

政策稍微缓和了一些的时候，她首先迈出了经商的第一步。她夜里偷偷摸摸地去收鸡蛋，之后再卖掉。此去彼来，每天都要走百十里的路，几经折腾，钱到手不少，心里乐开了花，忘记了一切一切的苦。有了自己的家，这样她的勇气更加坚定，不过时代也在不断地向好的方向发展。政策宽了，也支持了商业流通与发展，这真是给瞌睡的四妹子送了个软枕头。

突然间，吕老八发现这个媳妇不一般。

女人也是能干大事的。

四妹子抓住一切商机，一次次从疲惫中解脱，回到现实中，她挣钱了。她的眼睛就像空中盘旋着的老鹰一样，没有一刻不在寻觅着猎物。

尤其是那次拿麦子换面，拿面再换钱的交易。她走了五天，四个夜晚都在路上车上奔波，最终怀里揣着不少钱，人却成了个"四不像"。家里人看到她那模样，心疼着她。她倒头就睡，醒来后脑袋里已经又有了新的想法。

四妹子踏着改革的春风，开了养鸡场。智慧与豁达，吃苦与吃亏，让四妹子在经商的道路上走得一次比一次精彩。

流水的合作者，铁打的四妹子。她不怕吃苦、不怕吃亏，别人在看到蝇头小利之后，享受了眼前的幸福就忘记了一切，她肯定不是。

在成功面前，有的人以为此刻会刻骨铭心一辈子，幸福一辈子。事实上，时过境迁，命运流转，多年之后再回首，当时天大的事儿，放在人生的长河中，也只是兵荒马乱的一阵子而已。

四妹子的思想没有终止。命运是一串光华璀璨的水晶珠链，不会因为某个节点上某颗珠子的光泽和形状就改变整体。所以，来亦来，去亦去，成亦成，败亦败，都没什么大不了，也用不着伤心和懊恼。

　　养鸡场让四妹子有了片刻的伤感，但是却从来没有动摇她信念里的坚定。她又一次看到了自己的方向，吕家人都服了这个女人！

　　其实，真正的执着是一个人的精神图腾！人生就像心电图，只有跌宕起伏才能展示生命的精彩，如果一帆风顺，我想那一定是寡而无味。

　　四妹子，你跌宕起伏，你执着，你砸不烂！

因为有你

风华秋月

荞麦花开

荞麦花开香百里，良田千顷满眼白。如果能在开满了荞麦花的田埂上与你相遇，如果能深深地爱过一次再别离，那么，再长久的一生，也会因为这短暂的一瞬繁花似锦。

又到了荞麦花开的季节，每到这个时候，我的心总是蠢蠢欲动的。我惦记着那花开百里的盛大美景，想着那荞麦花的圣洁美丽。

朋友说，赏荞麦花最佳的地方首选破鲁。我当然知道这地方，那条树树相搭遮天蔽日成绿色门洞的最美乡间路就在那里。于是，约友人去寻找那白色的海洋，童话般的世界。

从市区驱车上下高速，穿过最美林荫道，驶入乡间公路，也就是半个小时。

到了！到了！公路两边全都是荞麦花。

美丽清香的荞麦花，随风飘香。花海，圣洁的花海！与蓝天相携，与白云相恋。深深地呼吸这清幽淡雅的味道直抵心房，美到了心跳。极目四望，满眼白色，如此圣洁的地方原来就是天堂。

想摘几朵插在耳旁,却又不舍。哦,荞麦花瓣小得精致,一根花枝上长着二三十朵小花,花瓣上稍微点缀了点粉色,像极了羞涩的少女。修长的花丝上面那点红啊,让整个花娇美灿烂起来。再瞧它那叶片,绿的鲜嫩亮丽,与圣洁的花朵相映衬着,显得格外清新自然。哦,我都忘记说荞麦的根儿了,是红色的哦。

　　在当地曾经流传着这样一个故事:

　　有一个村里的男孩子,当兵走了。几年之后回家探亲,他说着一口流利的普通话,看着荞麦花盛开的宜人景色,心里有几分感动,也有几分年轻人的虚荣。他指着荞麦花用普通话问正在田边干活的一位老农:"老汉儿老汉儿,红根儿绿叶是什么玩意儿?"老汉一听有人问话,立马抬起头准备回答,却猛然发现是自家儿子。老汉儿不是高兴,反而拿起锄头就准备揍年轻人。年轻人一看,不好,自己的爱慕虚荣恰巧撞上了老爹,这还了得,掉头就跑。他边跑边说:"爹呀,爹呀,我知道红根儿绿叶是荞麦花,我想着出去几年了装个样儿,没想到遇上了爹,我再也不敢了。"他爹停了下来,他也停下了。荞麦花在风中摇曳着身姿,发出轻柔的声音,他爹说:"听听,荞麦花都笑话你哩!出去几年你长大了,回到家乡还这样装腔作势说话,你个忘本的家伙儿。你是从这片土地走出去的,以后回来还要踏踏实实地在这里做事!"年轻人很是惭愧,向他爹道了歉并认了错。

荞麦花朴实无华的美,就像那世世代代生活在这片热土上的人们,诚实、守信、善良、正直。她们用爱温暖着这片黄土地,用情耕耘着这片黄土地。

荞麦那茁壮华美的红根儿,紧紧地抓住大地,牢牢地扎根在土里,深深地吸取着养分。哪怕遇到了干旱年份,她依旧是不卑不亢地用尽生命的力量把养分水分供给枝叶,带给花蕾。因此,荞麦在最干旱的年份也照样开花结籽,在丰收的季节同样颗粒饱满,粒粒圆润。

荞麦花啊,怎能不赞美她呢?她的美不但给人们带来了视觉的盛宴,同时让人兴奋让人呼喊。她伴随着老百姓的辘辘饥肠,从苦难的年代一直走到了富裕的年华!

是荞麦花的美召唤着人们看到了生存的希望。她用自己的质朴无华,果腹着当地贫穷人们的饥肠。是她们的卑微,让生命得以延续。一年又一年,走完了平凡的一生。荞麦花这个美丽的名字刻在了他们的生命里,曾经的日子黑过又亮了,苦过却甜了!

荞麦花啊,她默默无闻地奉献着自己,却点燃了生命之火。那红根儿绿叶白花花是一种厚重,一种岁月的见证!

这一刻,我再一次与荞麦花重逢在岁月里,感觉荞麦花不是荞麦花了,她就是一座桥,一座连接苦难与幸福的桥。

贫穷的时候，她用那单薄的肩膀，悄无声息地坚韧地扛起了人们的生计；当幸福走近了我们，她依旧在我们身边默默无闻地祝福着；等到今天我们繁花似锦了，她也不忘初心地再一次让我们感受到了她的甜，她的盛大，她的纯美！

哦，荞麦花用她一生的温柔伴随着我们的微笑。风里雨里一起走过，白昼黑夜梦里笑过。她以她的朴素，在黄土地上孕育了千年的城府，在餐桌上，在人们的心目中，不老的地位永存。

眼前，那荞麦花正开得热烈，开得烂漫，一片连着一片，在落日的余晖下慢慢地诉说着流年的故事。

盛夏的风飘然而至，蓝蓝的天空下，风吹荞麦花，一浪一浪如潮起潮落。这圣洁的荞麦花与那苍穹的辽阔连接在一起，与我的心连接在一起，一直延伸到远方。我心中的爱也似一浪浪荞麦花纯洁的清香，芬芳百里。

一树花的距离

我们究竟用什么来丈量时间呢？小时候母亲用太阳升起的高度、羊群归来的早晚来估计时间。长大了，母亲就用豆腐块儿的日历数着时间。一年年过去了，我们在撕去的一页页纸片中成长。

等我有了孩子，我们计算时间有了更多的精密仪器。孩子的身高有了量身器，时间，我们平日里都可以精确到秒。

日子，不论是以秒来精细它，还是以沙漏、

羊群归来、日上三竿去粗略估计,都形如流水,不知不觉间已经有了下一个开端。

春天,眼看着小草泛青,柳枝柔软,尽管背阴的地方还有积雪的影子,但春风吹来,一树树花开了。桃花怒放之后细细碎碎的花瓣儿,落于泛青的草坪上。紧接着杏花、梨花、海棠花……轮番登场,这冬天与春天也就是一树花的距离。

冬天与春天到底有多长呢?依我看,就是一树花的距离啊!

一树花的距离,让萧瑟的、蜷缩着的心舒展开来,脱去厚重的棉衣,换上轻衣罗衫。随着懵懂的春草,飘飞的柳枝,绽开的花朵,一起憧憬未来。

在这春的路上,听着花开的声音,看着满园春色,有枝红杏从墙里探出了头,古人说得好,关不住!真的春天是关不住的。那潺潺流淌的溪水,那清脆悦耳的鸟鸣,那翠影红香半欲酣的一树树花花,那山村里摇曳的酒旗……都在灵动着,都在这人世间招展着,都是这个明媚之春的风景。怎可关住?

当我走进春色,恍然间感觉桃之夭夭之际,这大自然原来就是一位宋词中温婉秀丽的灼灼女子。

若,你要携伊人的手,漫步于花间月下,月色朦胧,花香满径,絮染清风明月,散落一地诗香。此刻,风过处,是一枚含香丽词,连同伊人的笑靥一同写意在春天的诗行。

蓦然回首,年华极美,那个在炉火旁听雪折枝而伤感的女子,已经从冬季走到了春天。雪花早已融化成杨柳岸的晓风残月,月下的花瓣起舞轻吟浅唱。春与冬仅仅是一树树花开的距离,很短暂。

春天里,要在花下饮一杯茶、听一首老歌、想一个人,这时候的时光最美不过。

尘世纷繁,守住一颗平常心,宛如守住了一泓清泉,宛如留住了一抹春光，宛如拥有了一世的春暖花开。爱，如同经历了冬的寒意，漫在心里全是芬芳。悠悠的岁月，总是在传唱着，幸福就是这样，从萧瑟走到繁华，在平淡中求得安稳，在不知不觉中绽放。春天来了，你捂都捂不住。

花季看花，心里要懂得一种安稳，花开有声，花落无语。心要安静！心安是一种精神领域的暖色调，是一种心眸虔诚的感念，是洗净浮华之后的淡定，是脉络里幸福的索引，是暗夜里心中点燃的一炷香，解花语，听风铃，念旧书诗行。

花动心不动，时间流去又如何？一树花的距离，又一树花的距离，年年如是，年年如诗！

这样的天气

从小喜欢雨天,可我从来都不喜欢天空阴翳。雨天如同一个人的情感在宣泄,很痛快;阴翳就像一个黑着脸儿的人,看着很憋气,很迷茫。在这样的天气里,总有一种孤独感袭来,控制着我的整个情感线,想哭,也想你!

打开电脑,放上音乐,声音放到震颤自己。沏一杯很浓的咖啡,在键盘前开始码字。

这样的天气最适合思考。孤寂的时候,宁愿守候着文字,做个文字里的侠客,把所有的

情绪，一点一滴地码起来，砌成自己的心灵城堡，守候着思念。感觉柔软的内心，穿上了铠甲。

笑了，选择文字；哭了，依然文字；伤了，还是文字。泛着墨香的文字是似水流年中优雅的注脚，诠释着或许只有你和我才能看懂的意境，点点滴滴都与你有关，只要你懂，便是晴天。

于是，我内心里有了一种寄托，我想靠着你的肩膀，听你说一段过往，让我不再感到孤单与迷茫。

在这样的天气里，我特别欣慰我是个北方人。曾经在南方待过一小段日子，是旅途中的停顿。南方的雨天里我是活跃的。

我撑着伞，走在阡陌小巷，看时光将那些石头打磨得光洁圆润；看江南古镇墙壁上的苔藓青翠欲滴，那种经久厚重的沉淀，总是在不经意间让人感受到岁月静美，随遇而安；看那镂空雕窗，想那精雕细琢的工匠，用心将一块块木头雕得活灵活现，那种陈旧的、厚重的、精致的工艺，一直在与岁月对话。雨滑落下来，纤如牛毛、细丝、花针，收起伞让雨丝沁入心扉。我在那一刻，有一种畅往，想与你比肩同行，在路上。

可是，如果遇到好几天阴翳着，我的整个心情就非常不美。我不想出去，就想在屋子里，手里捧着一本书，但是书中的欢快情节总是在我眼里忽略了，滤下的都是伤感。有时候，我直接进入了剧情，除了沮丧失落，还要跟着角色流泪。的确在那个时候，需要一个肩膀靠着，需要炉火纯青，需要温一壶茶。原来，在这样的天气里，我是需要你陪着！

你却不在。突然感觉，人生，就是一半晴，一半阴。正是有晴天的润泽，生命才有了意义；正是有雨天的滂沱，生活才色彩斑斓。人就是在交织中行进，在阳光下阔步，在阴雨天踌躇。阴晴不定，生活才有了各种芬芳。

我写作其实一直在写感情。写我自己，写那颗不安定的心和那些无厘头的情绪及我的伤感。有些情绪总是无处安放，我倔强地扭头就走，留下的痕迹就是伤感。我总是一次次把自己弄得遍体鳞伤，然后伤感成一塌糊涂，不知所往。

　　窗外，依然是阴云密布，有风无雨。薄衣单衫裹着瑟瑟发抖的身子，心情依然是细柳如烟。

　　落尘的筝，轻轻一抚，错落嘈杂，像我的心情一样。浅浅的忧伤，于这冷冷的下午，抚过我的脸庞，划过心窝。好像是经历了一场倾城的相遇，落寞成一地的相思！

　　浅情浪漫，阳光温存。

　　思念在整个下午弥漫成文字，无力地诉说着一种情愫。的确，我需要你陪着，不过，有你陪着我，我又怎能去思考？去写出思念的凄美与痛！

所以说，喜忧皆有独特的魅力。

如果说阴天是一场思念，晴天便是一场烈焰，让思念与烈焰混合，熊熊燃烧之后，一同落定成灰烬与尘埃。思念最终还是思念。时光不会改变世俗，不能扭转乾坤，你我终究还是世俗之人，还须在时光的渠道中轮回、历练、折磨！

这样的天气需要你的陪伴，书写中已是傍晚，天色已晚，思念更浓。

槐花

小茶馆门前有两棵碗口粗的槐树,并排着,一棵开粉花,一棵开白花。树下有一把长条椅子和一张桌子,桌子上面有茶具,零零星星地落着两种颜色的花瓣儿。我想煮茶的时候那槐花瓣儿飘在上面,茶香花香,一定不错。

我看到了两位老人,并肩坐在椅子上,时不时地欢笑着。

老头儿鹤发童颜,在夕阳下笑起来,就像太阳公公。他眉毛也白了、很长,眼睛弯弯的

自带着笑意，鼻子挺大，脸上的肉挤得眼睛有点睁不开，全是笑模样儿了。老太太身子比老头儿要臃肿，头发灰度了，白的黑的夹杂着。上身穿着粉红大格格衬衫，米色的裤子，白凉鞋，这装扮我喜欢，一看就有精神头儿。她笑的时候还要看看老头儿，老头儿笑开了，她紧跟着更灿烂。

她太像个小孩子了，老头儿还逗她。从桌子上拿起一片花瓣儿，放在她灰度了的卷发上，不让她动，又放一瓣，又放一瓣……不一会儿，在老太太的卷发上摆了一串儿槐花瓣儿。老头儿竖着大拇指，眼睛眯成一条缝儿，说："花姑娘的美，花姑娘的美！"还拿出手机给老太太拍照。老太太羞涩地一笑，靠在了他肩膀上，他将右手很自然地搭在她的肩上。槐花顺着他们的肩膀处滑进了茶杯，浮在上面，悠然自得。

只听得老太太笑得"咯咯咯咯"，回头一看，她指着老头的头发，说："满头都是槐花，采花大盗！采花大盗！"继而看见老头儿也"嘿嘿嘿嘿"地笑起来："花姑娘！花姑娘！"

两位老者在树下笑着，慢慢饮茶。岁月将他们打磨成了这夕阳，在槐花里尽情享受着美好的生活。我在夕阳里看着他们，看着他们灿烂成这头顶上的槐花。

槐树在五月中旬才开花，一夜间绚烂夺目，迷瞎人的眼。这花树又不同于丁香、海棠、琼花、流苏……这些树的枝干都不高，一<u>丛丛一簇簇</u>，我从它们有了花骨朵就开始关注起，眼巴巴地看着它们开出艳丽的花朵。有了守望的过程，它们缤纷绽放的时候，才不至于措手不及到眼花缭乱。

我平日里看到的槐树就是一截树干，匆匆一瞥，粗犷皲裂的树干障目。于是，从来没有想过它会约我赴一场妖娆的花事。

五月中旬的一个清晨，走在阳光里，伤感着丁香、流苏都落尽繁华，树树都成翠绿。一抬头，槐花粉粉白白，清丽婉约于枝头，花儿一树上千朵，朵朵成串儿。每串几十小朵，似荷包，整齐下垂。这怒放着的生命，色彩清雅，花香清淡。抬头仰望，每一朵花的脸都低垂着朝我欢笑。微风拂过，淡淡的清香扑鼻而来，此生不负花季，定然来约。

　　万树花已尽，槐树花初开。想起我曾经住过的地方，有条槐花路，这时候，一定又被那高大的槐树托举成一条白色的槐花带了。

　　那时，走在槐花路上，不经意抬头间惊呆神思，恍惚身在绵绵白雪中，满眼槐花随风起舞清影，清淡槐香淹没小路，方回过神，已是初夏。这个即将炎热的城市因槐花分外清爽，分外淡雅。

　　槐花落在了我的手心，轻轻放于嘴边亲吻，便是吻着了一季的芬芳。这一生总是在不经意间邂逅最美的境界。眼前的槐花，手中的花瓣，椅子上还在烹茗煮茶的两位老者，还有这美不胜收的花季。

　　思绪就这样随槐花的清香，如烟似雾地飘散着。眯眼抿嘴浅笑，安然得如同这槐花盛开的时光。

　　一小会儿时间，那槐树下品茶的两位老人，头发上竟然落满了槐花。笑声依旧。

　　爱情在经历了半世风雨之后，在这金色的夕阳之下，畅饮岁月酿造的那份执着。那些甜蜜与苦涩，成功与失败，坎坎坷坷都随花开花落淡然了，都随岁月静默了。

　　想必，他们的爱，不经意间走过了万水千山，纵横阡陌。此刻，淡淡且平静地融在茶香、花香、笑声中。

莜面顿顿

窑山村已是我第四次去了，每一次都要在村书记家吃饭。书记的媳妇叫翠花，性格淳朴爽快，脸蛋红扑扑的，身子有点臃肿，但是干活却麻利儿得很。书记一进门，他的第一句话就是——翠花上菜。翠花还未露面，那脆脆的声音已飘出——来了！

第一次到书记家吃饭，让他那种叫饭声音惊诧了好一会儿。以为家里开了饭馆，翠花是个端盘子的。后来才知道，村书记在家里也是

书记作风,只要有客人到家吃饭,他在电话里早就把饭安顿好了,进家的第一句话肯定是:"翠花上菜。"

翠花上的菜多数是我家乡的美食。我吃过她做的莜面顿顿、莜面窝窝、莜面绳绳、莜面饺子、块垒、捋扒股等等。翠花是内蒙古人,最拿手的饭就是莜面饭,她能把莜面这种粗粮做精做细。

每一次吃翠花的饭都是一种对家乡美食的怀念。这次翠花上的饭是莜面顿顿。

小时候我妈经常给我吃莜面顿顿,当年,推开家门一闻见莜面顿顿的味道,我的脸立马就耷拉下来。走到水缸边,拿起瓢"咕噜咕噜"喝几口凉水,之后板着脸把瓢用力地挂在水缸沿上,水瓢在缸沿上"哗啦哗啦"响着。我妈看我一眼,不作声。我一看我妈对我的反抗没反应,就继续放肆。地上的板凳"啪"一下子让我踢倒了,在板凳倒地的那一瞬间,我的心也跟着抽了一下,这大动静要是把我妈惹恼了,我一定得挨打。这时候,眼睛悄悄地向我妈瞟一眼,发现我妈的脸没有沉下来,我的心也就像吃了秤砣,稳了下来。一旦我娘出声,我必然心跳加快。不过,我还是很识趣,看我妈风向不对,也就不敢再耍脾气。只听得我妈说,里面还有馒头呢,一听这话,我那铁板的脸,一下子就泛出红光,忙把凳子拿起来放好,说:"我说咋好像不全是莜面顿顿的味道。"

岁月能让味觉逐渐改变,能让你对年幼时不喜欢的那种家常饭,在岁月更迭中产生一种依恋感。曾经不喜欢的莜面顿顿,在某个瞬间,突然在脑海中浮现,味觉极度渴望着那种味道,急切想吃到那暖怀暖胃的家乡土饭。

"翠花上菜。"翠花端上了热气腾腾的莜面顿顿,醇香浓郁,与我小时候闻到的味道一模一样,扑鼻而来的是曾经的时光。吃起来,全是怀念。

翠花的莜面顿顿与母亲的莜面顿顿几乎一样。

　　莜面擀得皮薄薄的，里面的菜有三种：土豆丝腌红萝卜丝混合的、土豆丝苦菜混合的和纯土豆丝的。土豆丝不用水淘洗，这样蒸熟的顿顿有一种纯天然的香气，土豆的黏性还在，吃起来更有小时候的感觉。做莜面顿顿很有讲究，卷的时候不能太紧，也不能太松。太紧了，不容易熟，太松了又显得凌乱不堪，出笼的时候不好取出来。这个松紧度要把握到位，不是太容易啊。

　　莜面顿顿的外形像卷起来的行李，因此它还有个不太好听的名字，叫"讨吃行李"。顾名思义这"行李"，简朴又简单，不过，就是这"讨吃行李"，一度成为家乡人民果腹的日常食品。

　　大概这名字还和它的吃法有关，朴素得不能再朴素。莜面顿顿最配烂腌菜。碗里夹一个莜面顿顿，放点切碎的烂腌菜，加入点腌菜汤，滴几滴家乡的麻油，吃吧。当年不香，而今吃起来却很爽！"三十里莜面四十里糕"，当年劳苦大众肚皮里的饱餐，现在搬到桌子上成了美餐。

　　早已经告别了艰苦的岁月，但是莜面顿顿始终没有走出我们的餐桌。家乡人民的纯朴、自然与善良，全都蕴含在莜面顿顿中。它的醇香是家乡的味道，也成为我生命中不可或缺的念想。

　　翠花上菜，就上莜面顿顿烂腌菜！

与你再次相逢

薄荷的花语是：愿与你再次相逢。

真的与薄荷再次相逢了。前年大姑姐给我家种了五六株薄荷，我因为忙碌，也不大注意它，只是一进家就闻着了它透着凉爽的香。有时候，它的这种香，能把那些混七乱八的事情冲淡。揪一片薄荷的叶子，泡着水喝，清凉直抵心肺。

那年夏天，孩子犯了鼻炎，经常在鼻子里塞一片薄荷叶子，憋闷的鼻孔通气了。薄荷在我家立下了忒大的功劳。那时，薄荷虽然长在一个花盆里，但是它的长势却是喜人乐见。

花盆里的薄荷是几株二十厘米高的纤细幼苗，到了秋末，已经长得高出了原来两倍多，枝干也变得粗壮。不过它的叶子始终是青绿色，泛着淡淡的透亮的光泽。最是那清爽的芳香，始终沁人心脾。入冬后，薄荷的叶子随室外落叶一同落下归入泥土。我还想呢，这宝贝啊，家里一直都是温暖如初，怎么还能感知到季节的更替呢？

它的叶子彻底落光之后，余下一根根光秃秃的枝干。某一天，我突然悟到了：这不是生命的常态吗？无论日子如何幸福得掉渣渣，人生的长度必然有限。不以物喜，不以己悲。

　　我把薄荷凋零后的干枝剪掉，把花盆放到了一个隐蔽的地方。这是一段感恩的告别，不知道是否有重逢。

　　第二年春节过后，本来准备拿出那个花盆种点其他花草。土壤硬成了铁块，浇了水，等着土壤充分吸收水分后变得松软。没想到，过了三五日，等我要撒种子的时候，那土壤里齐齐整整地冒出来密密麻麻的新绿。那绿啊，像极了婴儿透亮全新的眸子，在阳光下，闪闪烁烁、丝丝缕缕的清香扑鼻而来。我惊愕地喊来一家人欣赏这小生命！

　　再次遇见薄荷，真是意外的惊喜。那年，这一盆薄荷陪伴了我们三个季节。直到冬季它悄悄地隐去。我那时，没有一点悲凉之感，好像在送别一位好友，在它耳边轻轻低语：春天再见。

时间如白驹过隙，转眼间又是春节，我心里一直惦记着那盆薄荷。春节后十多天，我把花盆轻轻挪移出来，浇满了水，等水渗透之后，用小耙子把土壤里的小石子和去年落下来的枝枝叶叶清理干净、整理平整。期待着几天后的新绿再现。连日来的期望被毫无动静的土壤消磨殆尽了。后来，那薄荷再没长出来，我的目光常落在湿漉漉的土壤之上，心一直都在疑惑不解着。莫非是惊扰了薄荷的安宁？莫非是用那小耙子伤了薄荷的元气？……

那个春天，因为失去了薄荷，心里充满了好多的不解，家里失去了不少生机。孩子的鼻炎又犯了，清爽的沁香已走远。预计中的遇见没有遇见，全家人都失落了一季。

夏未央，墨染了七月的月色，流苏般的思念笼上心头，想起那场不期而遇的温暖，想起那淡淡的清香。于是打电话给婆婆，问起院子里是否还有薄荷。电话那头热情地说着，院子里一簇簇一丛丛的薄荷长势旺盛，想要就快来挖。挂了电话带着一种思念去挖薄荷。

嗬，薄荷长在院子一个背阴的角落里，长势的确喜人得很。一束阳光打在那浓密的叶子上，鲜嫩欲滴地青翠着、透亮着、闪烁着。一时间，我闻着薄荷的清香，陶醉在那片绿色里了。

回家后把邀请来的薄荷种在原来的花盆里，如初的模样温馨了整个屋子。那抹清新幽香的味道，浅浅淡淡，入心的安宁。

花开花落了无痕，岁月也是如此。轻轻拾起心中的碎念，随着薄荷的凉爽与舒适，将一些过往在心中驻留——

与你再次相逢，我愿与你再次相逢！缘分不期而遇，温暖意犹未尽……

故乡的天空

我所在的城市就是我的故乡。任凭岁月流殇，我总是难以走出这片热土。她是我感情的归宿，是慰藉我心灵的地方，是我此生心心念念的地方。

我的故乡是大同。一个有着悠久历史的文化古都，一个正在雄起的一轴两城的美丽地方。

故乡四季的天空都是湛蓝。尤其是雨后故乡的天空，如同澄澈的灵魂，蓝得圣洁、高远、空灵、爽朗！

喜欢清晨踩着露水走在故乡的路上。享受着朝霞满天，听鸟鸣声声，心搭乘着高天的流云翱翔。望着广袤无垠的天际，看她大海一样宽广、素净、贴近，敬畏她，就像敬畏母亲一样！

故乡傍晚的天空美得惊艳，云霞流转。天空呈粉蓝色，像新婚的纱幔笼罩着那圣洁的蓝。这时候的天离我不远，感觉伸手即可触摸她的肌肤。啾啾的小鸟欢快地鸣叫，倦鸟归巢，云舒云卷。夜幕降临，阑珊的夜让人更是迷恋。无论春夏秋冬，故乡夜的天空都是一幅绝美的画面。她那深沉的蓝色又被夜的黑覆盖着，那如绸如缎的黑色，倾泻下来。那锦缎上柔媚舒缓的星辰，闪烁着耀眼的光芒。夜的故事一个接着一个，凄美的传说如瑰丽多彩的明珠，镶嵌在这锦缎之上，让这夜空更具有神秘而柔和的美。

此刻，我走在御河边上，沉浸在故乡那蓝天白云之下。几位老人手持风筝线轴，端坐在小凳子上。顺着那纤细的筝线，寻觅那翔于空中的大雁。哦，果然，在云端，在透亮深邃的蓝天，风筝稳稳地居于天空，将主人的心思放飞，对话蓝天，寄情白云之上。

沉思中，一个小男孩跑到我的面前，他灵动闪烁的眼睛好亮啊。我拿起相机准备拍下他那蓝天般纯洁的眸子，突然，后面传来他妈妈呼唤他的声音。他一扭身跑了。他其实过来好像要问我什么，小嘴已经张开。我好想问小家伙是否认识自己的故乡。

我徘徊在御河清澈的水边，低头是丰葳的草木、缤纷的花朵，抬头是圣洁的蓝天与白云一派祥和。

哪里去找这样的蓝天？只有我的故乡！

斋斋面花

斋斋面花生长在阳坡坡上，没长花的时候就是根劲草，开花之后才发现，原来这草还会开花，这花原来还有说法。

家乡的热土上，每到农历七月，游走在野外，尤其是坡地上，偶尔可以看见几株斋斋面花。它们开放在杂草丛生的原野，花小得像米粒儿，淡粉中带点浅蓝色，星星点点，也不簇拥。就是这样一个不起眼的植物，却在人们的心中有着不平凡的意义。

斋斋面花象征着家族是否出人才，也预示着家族的昌盛。这是我听父亲说的。

我爷爷的坟堆上长着斋斋面花。记得小时候，每年七月上坟，遇到本家亲戚，总能听见他们这样的话："看看人家那坟头上，长着斋斋面哩，咱们没那东西，祖辈也出不了个人物儿。"

我问过我父亲："爹，他们说啥呢？啥叫人物儿？"

当时我父亲低下头悄悄告诉我："人物儿就是当官的。"

"那咱们家谁是当官的？"我扬起头看着我父亲。只记得那时我父亲把两胳膊往胸前一盘，看着远方，笑着说："以后一定有当官的。"

"爹，那以后多长，远不远？"

"不远，不远。"我父亲坚定地说着。

我走到他们坟边，绕着四周看了看，就是没有斋斋面花，我爷爷的坟头上有。我相信我们家一定会出当官的，就因为坟头上的斋斋面花。

多少年后，等我长大了，一家人在一起吃饭，聊起斋斋面花的象征性，觉得这花还真是神奇，它的预示应验了——我们昌盛了。虽然没有当官的，但伯父、父亲、大哥、老弟那么多人，在自己的岗位上默默地、力所能及地贡献着，这是否也就是被预示的有出息了？我想应该是。可见，那斋斋面花寄托着一种情怀，寄托着一种希望！

斋斋面花最神奇的还是它的实用价值啊，那可是绝美的调料！

南方的菜肴里肯定闻不到斋斋面花的浓香，北方地区也只有我家乡人们才会把斋斋面花炝在凉菜里、汤面里。

斋斋面是野生宿根植物，它虽然生长在家乡热土上，但是它不像苦菜那样一到春天，成片成片地破土而出，为曾经饥荒的人们果腹，为如今的人们增加思念。纵然它也是宿根，但是我从来没有遇到过它们簇拥着生长，只是零零星星地点缀在坡地上。把它的花摘下来，放在鼻翼旁，闻到的是一股野草的香和淡淡的韭菜味道。在烧热的麻油里放入几朵晒干的斋斋面花，这花一旦遇到麻油炸，它那奇特的香味一下子就出来了。新鲜的斋斋面花不如晒干了，油炸后味道浓郁。

啊呀，把几朵斋斋面干花揉成碎末，放入油锅炸至泛黄，将油和花一同倒入凉菜或已经煮好的面里。那个香啊，是野生的醇厚、浓郁、淡雅、清新，说都说不来的味道。我喜欢，超级喜欢！

曾有远方的客人来看我，带他到农家落座，专门点了斋斋面花调凉菜和斋斋面花炝锅面。客人吃起来眉头皱着，"这是什么香啊？特别！特别！说不出来的奇香！"但是，他在吃的时候把一个个被油烧焦了的斋斋面花挑了出来，左瞅右看。我一阵欢喜，告诉他这个好东西，叫斋斋面花。可千万不要把它看成了苍蝇头或蚊子腿啊。客人一串欢笑、一阵赞赏。这种调料，第一次品尝！

客人远去，他给我的信息里这样写道："莫笑农家斋斋丑，归去忆起它最香。"

我回复："斋斋面目本不丑，油炸火烧变了样，留得浓香来款客，千里之外还想它？"

客人说："想，一定还去吃斋斋面拌凉菜和炝锅面。"

岁月带不走的，原来还有味道！

是啊，这是我家乡的味道！斋斋面花的味道！一种极普通的野生小花，谁能知道它一转身便是如此芬芳？

香瓜

那天，我妈打电话问我要不要香瓜，我很干脆地告诉我妈："不要。"我妈在电话里又说："那香瓜甜得呀，跟蜜似的。"我还是说不要。我妈有点生气，"啪"地挂了电话。我感觉不对，我妈生气了，于是过了一会儿，我贼眯溜眼地去了我妈家。偷偷看看我妈是不是生气了。一看我妈挺高兴，我就探着跟我妈说："妈，您不是说有比蜜还甜的香瓜呢？我来吃啦。"

我妈看我一眼："你不是在电话里犟成了拨浪鼓，不要不要的，我没有给你买！"一会儿，我妈还是打开冰箱，取出来几个，给我洗干净，我一吃，"哎呀"那个甜啊，真的比蜜甜。

那天的香瓜我吃出了小时候的感觉。半斤大的香瓜，我一连吃了两个。我妈看着我吃的那样儿，说："我说好吃，你还不要，这吃了，要不要？"我忙说："要！要！要！"

我妈让我们拿东西，那你必须拿上，要不她就不高兴。我在电话里明显感觉我妈生气了，所以，必须过来吃了香瓜，让她高兴起来。其实，现在无论如何好的东西，只要吃过了，再吃就不再有新鲜感。为了我妈高兴，我临走的时候，拿了三个香瓜。我妈嫌少，我嫌多，两人又推又让。最后我说怕吃不了呢，吃完了再来取，我妈才答应。

现在生活质量提高了，对什么吃的东西都不感兴趣。想起第一次吃香瓜，那个可怜又可爱啊，忘是永远也忘不了的，只是想起来有些寒碜。

记忆里第一次吃香瓜大概是七岁多。那时候，村子里有一个老农种香瓜，我每天放学都要路过那块地。

夏天一过完，随着蛙鸣蝉叫，看着土沙地里那香瓜蔓上一个个大大小小的香瓜蛋子，馋得呀，根本没法控制自己的行动。几个人猫着腰，跑进地里摘上一个香瓜，赶快跑，躲到隐蔽的角落，随便在手里一摸，就进嘴里了。有时候，那香瓜甜得呀，一下子就让心肺伸展得忘记了偷瓜的恐惧。有时候，由于太慌张，顺手把个嫩瓜蛋摘下来了，吃起来还有苦涩。纵然是苦涩，那也是一种苦香，苦甜苦甜的，也不舍得扔掉。

哦，那时候的香瓜，外皮多是有绿色的花纹，像青蛙的背。后来，我妈知道我们偷人家香瓜吃，打了我。从此，我再没有偷过，即使看着眼馋，一想起我妈那深邃愤怒的眼睛，赶紧就走开了。其实，那次我妈打我的时候，边打边说："馋得不行你就说，让你馋。"就在那天夜里，我妈反复摸着我被打得黑青的背，我迷迷糊糊地听见我妈说："唉，明年妈给你们也种点香瓜，让你们吃个够！"我好像感觉我妈的泪点子掉在了我的胳膊上。

我妈真是强大，我爹常年在外，家里不管什么活儿，都是我妈自己做，我妈年轻的时候，能给我们撑起一片天。

第二年春天，我妈真的种了香瓜。种的是叫"青羊头"的香瓜，这种"青羊头"的香瓜是刚引进来。我妈从种子站买种子的时候，人家说这个品种要比普通的香瓜甜、脆。我妈说，要种就种最好的。她把种子种下之后，浇水施肥除草，样样都干得漂亮。我期待着早日吃上香瓜。但是，就在要结香瓜蛋子的时候，我妈把大粪（人粪）水灌进了地里。我当时觉得太恶心了，那香瓜我是不吃了，还为这哭了一场。我妈说："想让咱们的香瓜甜如蜜，就得上大粪。"可我还是半信半疑，一直为地里上了大粪而耿耿于怀。

那一段时间，我没有了期望，每天不再注意那些浇了大粪水的香瓜。夏季转眼间过去了，香瓜突然间熟了。

一天，我妈从地里带回来几个香瓜，让我们尝尝。这香瓜不是青蛙背状的长形，而是白中带黄圆头圆脑。我在怀疑它是否还带着臭味的时候，就闻到了一股香气。一打，"砰"的一声就崩开了，香瓜的浓香扑鼻而来，瓜瓤都来不及去除就吃起来。那香瓜可真带劲儿呢！甘甜香脆，一兜兜水，我一口接一口把瓜子、瓜瓤都吃进肚里了，最后只剩下一个瓜把子捏在手里。当时吃香瓜的那个囧相已经模糊了，但是，我妈亲自种的香瓜的甘甜、浓香、爽脆，至今根本无法忘记，从此再没有吃到那样的香瓜。

那白皮"青羊头"咋就那么甜！那么脆！那么香呢？

直到现在，每到香瓜下来的时候，我总会想起我妈种的香瓜，那种香甜从记忆中倾泻而出，在唇齿间涌动着。为此我真想再回到童年，但那只能是一种妄想啦！

那天，母亲买的香瓜，又让我吃到了童年的味道，但没有了过瘾的感觉。想想童年的香瓜，无论如何吃，总是没个饱，也许还是因为当时物质匮乏吧。

选香瓜要看香瓜的屁股，大而圆一定好吃。我觉得很好笑，但我妈是种过香瓜的人，说的一点没错，在选择香瓜上，性感比骨感更实用。

香瓜不能像西瓜一样切成一牙一牙吃，虽然文明了点，但少了豪放洒脱，要像村里人那样，一手拿着，一手用劲儿磕开、一掰，用力往后一甩，瓜子甩出去了，瓜瓤子还在。瓤子的香甜，皮子的清脆，瓜肉的鲜嫩，统统走进舌尖，不香才怪！这样粗野的吃法，才可以吃出来感觉。

　　又到秋初，遍地瓜果飘香，明天还去我娘家吃香瓜。我要拿起香瓜双手一磕、一掰、一甩，吃它！阳光下，我会看到我妈盈盈的笑脸，就像我挑的那个大屁股香瓜，如蜜一般甜！

　　嘿嘿，香！香！

因为有你

旅途随笔

来自八台子的召唤

　　八台子的沧海桑田清晰地与我不惑之年的记忆结缘了。

　　上次去八台子记不清是什么时间了，因为天气不好，连带着心情也不美。车子行到八台子哥特式天主教堂下面时，有风有雨，拦住了脚步，也挡住了视线，景观在风雨里模糊不清，也就索然无味。离开时想着择个蓝天白云的日子，一定再来看它。

　　带着这份情感，盛夏时节在一个晌午后，火热的太阳伴随着蓝天白云，瞬间有一种遥远而神秘的声音在召唤。酒微醉，朋友陪同，不长时间便抵达八台子村。徒步穿过一片茂盛的芨芨草，便伫立在八台子圣母教堂下面。

　　坡下是八台子村，晌午时分牛羊都回圈里休息，很安静。坡上孤零零地矗立着教堂残存的"门楼"，距今一百多年了，抬头看那半截的尖顶直指苍穹。再往北望，便是横亘在原野上六百多年的明长城，粗犷豪迈。这中西方的两种格格不入的建筑放在一起，是一场对话？

还是博弈？历史的沧桑巨变，描摹着一段段峥嵘岁月。

站在"门楼"下，没有一丝风，没带走思绪里的半点儿惆怅，在若有若无的时光印痕中，总是能看到尘埃里的过往。如：战争。如：虔诚。

一种建筑若是建好之后，不去摧毁，只是让它随着时光慢慢变老，那它一定是老得优雅，老得尊贵，老成了一尊沧桑的"菩萨"。然而，事实并不是我们想的那样，王朝的去留兴亡，总是不能像季节更替那样顺其自然，总要水火不容，旌旗猎猎，战鼓隆隆。于是，有那么多的人在战火中随着王朝的灭亡而逝去，又有几多人却随着王朝的兴盛而风光。那默默无言的边墙、古堡，以及那传播上帝教义的辉煌的哥特式天主教堂，在朝代更迭中历经枪林弹雨，风吹雨打，幸然残存。

时光在诉说着曾经的故事，边墙已老，教堂还年轻。

当长城一如既往地守卫在这里的时候，西方来的传教士却把耶稣带到了东方八台子这座偏远的小村庄，并在近距离建起了一座宏伟的大教堂。

当时，朴实、憨厚、无知的老百姓哪里知道这是什么建筑，只是看到它顶部似长矛，直指天空，像是在挑衅什么。从此冲突不可避免地产生了，并在这块人烟稀少的土地上持续了近百年。

时光见证了它们的经历，同样的归宿，同样的残垣断壁，同样的心酸血泪。

八台子圣母教堂初创于1876年，是一个意大利神父所建。1900年庚子之乱被毁，1916年一个德国神父复建。先后在义和团运动、抗日战争和解放战争中被损坏。当年的教堂大堂能容纳850人做礼拜，附属房屋70余间。现在仅存的部分被称为"大单巴"，与澳门的"大三巴"遥相呼应。据说这座残存的教堂"门楼"，梵蒂冈都为其建档，每年的8月2日为朝圣之日。

从八台子教堂残存的外形，能看出它很典型的哥特式建筑风格。那种神秘、哀怨的情感很强烈地通过建筑造型与图案表现出来。高耸入云的尖顶、尖形拱门、修长的束柱和轻盈飘逸的图案，可看清的部分，足以表现出那种修长的飞天感。

试想，它在没有破坏之前的模样，尖耸、高昂、修长。那些神秘哀怨缠绵的壁画，那些彩色玻璃的长条窗户上刻着的圣经故事。所有的一切都给人带来一种神圣敬仰的情感。最心痛的是那些虔诚的信徒，他们远道而来，诵读着圣经。风轻拂，经回荡。突然间，风卷残云，经卷乱飞，枪声炮声轰鸣不绝，乱了、残了。那直指苍穹长矛似的顶端，被削去了；那石砌砖雕的大堂和坚固耐用的房屋，被铲平了；那窗户、壁画和优美的流线造型，开始了一场悲凉的哭泣。

繁华易逝，岁月悠悠。历经了战争的硝烟，时光远去，经卷不待，八台子教堂只剩孤寂与凭吊，倔强的它依旧用残缺的美在向世人诉说它曾经有过的辉煌。站在仅存的这点建筑下，盛夏炎热，心却是如此荒凉。

我在它伤痕累累的空旷中，听到它长久的喘息与悲叹。

沧桑的助马堡

走进助马堡，不但为读懂那矗立于风雨中的经年老堡，还为一睹最老杏树在四月里绽放的最美容颜，仰目那棵将近五百年苍劲挺拔的杨树。

助马堡，坐落于马头山下，是新荣区郭家窑乡管辖地。据考最早筑于明朝天顺四年（公元1460年），后又经过"增修"，旧堡往东扩筑，遂形成现在"日"字状结构，万历二年（1574年）又将堡用砖包。堡南城门洞砖刻有记载，由于年代久远字看不大清楚。自从驻参将以后，

助马堡就成为军事冲要之地，演绎了许多烽火故事。

隆庆六年（1572年）朝廷在大同开辟了多处马市，助马堡马市虽为小市，但繁华程度远近闻名。"金得胜，银助马"就是流传于当时的一句俗语，足以佐证其繁华。那时助马堡官驿往来、商旅云集、店铺林立、庙宇诸多……一派集镇景象。这空前繁华是马市带来的，亦是和平带来的！

从古老而斑驳的东堡门进入堡内，两边依稀残存的老房子，瓦楞上枯草寂静，但依旧可以看出曾经繁华的影子。

向导说，来助马堡第一要看的是"旗杆"。

我以为"旗杆"应该是插在堡上，有红旗在风中招展。没想到"旗杆"是一方石柱打造，它坚强地挺立着，直冲云霄。这两根石柱，青灰色，一根完好无损高约十多米，一根中腰断掉，只剩半截底部。我惊诧于五百年前人们精湛的技艺，怎能选出如此石料，打磨成这般底部厚实，如定海神针高耸于助马这片热土之上。哦，不，它像从这片土地上长出来似的，上面还留有文字与图案，图案尚且清晰可见，该是兽首吧，只是文字被岁月打磨得有些模糊不清，我没有辨认出文字意思。

我问向导："为什么旗杆一根完好无损，另一根从中断掉。"向导把我们领入故事中。

助马堡的繁华持续到清朝初。顺治五年（1648年）大同总兵姜瓖叛清，战争让助马堡第一次遭到破坏。1937年，阎锡山统治下组阁的"左云县政府"即驻于此，后发生内讧，助马堡不断遭受磨难。在1939年日（寇）伪军队对"大（同）丰（镇）左（云）"抗日根据地进行围剿，夜袭助马堡，"烧、杀、抢、掠"血洗该堡。同年秋冬时，日伪"生金子"部再次杀、掠该堡。30多名群众遇害。

就在30多名群众遇害的当天夜里，狂风暴雨，"旗杆"轰然

205

从中崩裂，响声惊动全堡人。东面的"旗杆"，上半截摔于地面断成无数碎石，如同泣血的泪滴，惨诉着战争的血腥。"旗杆"下半截，以它坚韧的怒吼，控诉着日军的野蛮行径。就这样，将近80年的凄惨之美一直留于今天。告慰世人国耻勿忘，永记心间。

从"旗杆"的悲壮故事走出，走入街道两边的住宅。从院墙青砖细细密密的勾缝，可判断老屋住户曾经家世的显赫。

打听几位老者，方知，居于东堡门的这几户人家都是当年的富足之户。这老屋与堡门同一年建起，也是历经了五百多年的风雨沧桑，只是老屋的后代早已不在国内。看着老屋，那瓦脊虽陈旧不堪，但瓦脊上的兽形图案却清晰可辨。听说上边叫龙角兽，下边的叫铁脚兽，它们经历了五百年的沧桑，依旧很沉稳地仰望着蓝天。战争的风云早已远去，昔日的主人也早已化为尘埃，它们守护的是这片蓝天与热土。

走出厚重的堡门，迎面即是一棵老杨树，蔚然成风，屹立于堡外，硕大的枝头罩住了我视野里的蓝天，粗壮有力的树干我想三个壮汉伸臂才可围拢吧。

难得欣赏到百年老树，助马堡的老树比比皆是。漫步沟谷，看残阳似火，听流水潺潺。

一棵棵杏树高大苍翠，深沉肃穆，充满灵性。树根敦实苍劲，树皮斑驳龟裂，树冠似伞如云。正值花季，花香四溢，花色粉白，棵棵隽秀，株株华美。流连于杏树林的幽静，闭眼间，我与树、与花、与蓝天白云，融为一体，于那嘈杂浮华隔将开来。

老而弥坚，处事不惊，情不自禁抚摸粗糙风化的老树皮，一花瓣落于手心，期待老树年年生生不息，岁岁花开不败。

恋恋不舍地离开助马堡，再回首——

我风尘仆仆赶来，就是为掀开这一段尘封的、渐被世人忘记的繁华。那高大的堡墙、耸立的旗杆、整齐的街道、雕花的门墩、斑驳的门板、苍劲的古树，无一不在静静地诉说昨日的兴盛与战争的烽火。

青海湖听雨

翻过日月山,来到倒淌河,看见一望无际的水,这就是青海湖。

连着几天都是雨天,在青海湖边静静站立着,想着当云开雾散之际,她是如何美到极致呢?而我,在这里,静静地听着雨滴的滑落,恍若迷蒙中隔世重逢了仓央嘉措,他那清澈明亮的眼神,他那忧伤的背影。就在这雨中,又恍然看见了大唐的文成公主,她抚干眼泪,一路西行。

这样的景致,是不期而遇。

青海湖，你来与不来，我都在这里等你；你念与不念，情就在这里！

远望青海湖，雨滴划过眼眸，流经脸庞。此刻，在雨中，我听雨在诉说着曾经的故事：

那一年，年轻的仓央嘉措戴着沉重的刑具，在高原上艰难地行走着。当他走到拉萨西郊的哲蚌寺时，被寺中众僧抢进寺内。其时押送的蒙人卫兵跟藏人僧众开战，仓央嘉措不忍生灵涂炭，从寺里走出来，随着押解的队伍踏上前往北京的路途。行至青海湖边，从此消失，再也没有人见到过他。那一年，仓央嘉措仅二十四岁。

关于仓央嘉措的死，藏族民间流传着多个版本，一种说法是在青海湖病死，而另一种说法是，仓央嘉措使用神力，从捆绑他的枷锁镣铐中脱身，消失在湖畔的荒野之中，那无边的圣湖成了他永久的藏身之所。

是啊，仓央嘉措的消失，需要多少传说才能巧妙地将他一生说尽。这佛光闪闪的高原，三步两步便是天堂。

回想那汽车行至日月山最高处，向西眺望，雨后的大草原就像翠绿的大地毯。成群的牦牛、藏羚羊在这丰厚无边的大地毯上悠闲、平和地享受大自然的恩赐。扬蹄奔跑的野马，欢跳得俨然全身的舒适都要溢出来。更有星罗棋布的蒙古包，在热烈的阳光下闪闪烁烁。美丽迷人的大草原绿浪翻滚，难道不是文成公主教藏族同胞编织的绸缎在随风飘舞？夹道迎接的藏族同胞端着酥油茶笑容可掬，难道不是文成公主带到吐蕃去的谷物、油菜、茶叶等酿出的芬芳？如果最初就是这样，文成公主还会那样感伤？

但文成公主确实感伤过！

当年她走过日月山，来到倒淌河，见水动心，想到再也回不到熙熙攘攘的长安，再也回不到生她养她的故土，不禁边走边叹：天下江河尽向东，唯我一人向西行！潸然泪下、泣不成声。千百年来，一直由西向东奔流的倒淌河终于感动了，忽然掉头向西流去，一路浪花、一路慰藉，引领、陪伴文成公主西行。倒淌河，你也通人性、明大义啊！

不管是仓央嘉措还是文成公主，隔着时空，我们不期而遇。

窗外，青海湖的雨还在淅淅沥沥地下着。来青海湖是听雨来了。不是为听雨，不会与它们不期而遇。

脚下是青海湖。

当涌动的湖水将白色的浪花送到我的脚下。我开始注视着这只湛蓝而深邃的"眼睛"，在那"眼睛"深处有群山、雾霭、马匹、草原以及无尽的时间和空间。

突然，阳光穿透了云层，瞬间将万道金光洒向大地。

雨，停了。

静静的湖畔，远处的湖水呈现出两种色彩：一半天蓝，一半青绿。极目远眺，对岸是连绵起伏的山脉，我的眼睛穿透雨水洗澈一新的天空，分明看到的就是鸣沙山。那黄沙堆积的大山，我听不见它的鸣响，只能远远地看着它在青海湖对岸，上演一场别离的无言绝唱。

天空中停泊着巨大的云团，湖水和天空的蓝色已经完全水乳交融。

青海湖，你到底是仓央嘉措的眼泪？还是文成公主的思念？你静静地守候着高原大地，唯美着世人的目光。而你的孤独谁又能知晓？也许唯独你自己知道。

一叶一菩提，一湖一世界。

你就是你的世界。我走近你，试着品读你，你是咸的，是泪水，是思念，无论什么，都是这样的味道。

远处的大型邮轮突突地响起，汽笛声划过湖面，越过草滩，与对面的崇山峻岭撞击后又弹了回来。一切的寂静都被划伤，人们的欢呼声，湖水的拍打声，此起彼伏，交织在一起，形成了今天青海湖的模样。

诗人杜甫曾描述过一千多年前发生在青海湖畔的悲剧：

> 君不见，青海头，
> 古来白骨无人收。
> 新鬼烦冤旧鬼哭，
> 天阴雨湿声啾啾。

唐诗中凄凉的场景已荡然无存。作为中国最大的内陆湖泊，最大的咸水湖，青海湖大得令人匪夷所思，湖水那摄人心魄的蓝让人心旷神怡。我走累了，就坐在湖边发呆。这个时候，光线的走向、云朵的形状和湖水的颜色，每一刻都在发生着微妙的变化。我想象在它未知的深处，在圣湖逐渐黯淡的光芒背后，一切都在神秘的寂静中死去、复活与生长着。

此刻，天色再一次阴沉，继而，小雨又淅淅沥沥。青海湖的辽阔在这里一览无余，对岸与湖成一色，湖天相连，辽阔无边。

转身离开青海湖，不，没有离开，只是在车上要继续欣赏它的美。

打开手机，微信上孟哥说：去了青海湖一定要环湖一圈，要不然遗憾。看来这遗憾是注定要有了。只有遗憾才能让我们的心在思念中不断向往，我想，我还会再来看青海湖。

沿途的青山呦，那才叫个美。整个都似披着绿绒毯子的模样，厚厚的、湿湿的、实实的。山上面隔不远就有一个毡房，隐隐能看到炊烟袅袅，成群的牛羊点缀在周围，视觉里呈现出来的是一幅幅图画，美到忘记了这是人间烟火。

突然看到远方一条锃亮的水线，它藏在金黄色的油菜花与天空的那截深蓝中。汽车飞速接近它，而它也从一条蓝色的细线，一点一点地拉宽成一匹闪光的黄色的辽阔的绸缎。

这个季节，沿途的油菜花开得喧嚣而灿烂，到处都充满了沸腾。青海湖的油菜花，与婺源是完全不同的两种姿态。婺源的油菜花长在小桥流水、白墙黛瓦之间，而青海湖的油菜花铺天盖地、大气磅礴。那是另一种苍茫的波涛，让你感到天地之间只剩下金黄色的声音在不断回荡。

而在这声音的背后，却衔接着梦幻般的蓝色湖水。花、水、天连在了一起，层层叠叠，波澜壮阔，隆重点缀了这个七月，颠覆着视野，陶醉着心灵，美到了窒息。

不能看了，恋恋不舍！

不敢看了，无法忘记！

那一刻，刻在了心里！

青海湖，油菜花，蓝天与你！

青海湖沿湖有一条骑行道，一路上，骑行的人真不少。由于高原的紫外线极强，那些单车骑行者都全副武装，骑行帽、头巾、墨镜、长袖骑行服，将自己裹得像外星人似的。

听说，青海湖每年农历七月十五，都要举行隆重的祭海仪式。祭海时，点亮佛灯，燃起桑烟，众僧人与普通百姓都面向大海跪拜。一方水土养一方人，青海湖在他们心中是圣洁的神圣的。

虽没有机会亲历壮观的祭海场景，但那猎猎舞动的经幡，以及所到之处看到的那一位位虔诚地做着长拜的人们，我能感受到信仰在他们心中的地位与力量。

临近傍晚，到达了西海镇的金银滩草原。草原依旧是一望无际的绿覆盖着，想起那个大胡子老头王洛宾，他创作了一曲《在那遥远的地方》，才使这个群峰围绕、蓝天和林海编织而成的天然牧场成了世人神往的地方。也成了三毛激情来过又悲伤离去的地方。想必王洛宾心中的卓玛不是三毛，不然，他一定会做一只小羊，跟在她的身旁。不然，也不会留下世人对三毛众多的猜测与遗憾。

　　写到这里不仅潸然泪下，这世界真正找到一个灵魂的契合者，必然是难。芸芸众生，我们是谁的卓玛?

　　青海湖，你是蓝色的、圣洁的。不知世上有多少向往的灵魂想在这里寄居。别过青海湖，我将继续前行!

　　来与不来，我都在等你!

　　念与不念，我都在想你!

光阴中诉说思念——塔尔寺

几年前看了海冬青的 QQ，我无论如何都按捺不住对塔尔寺的向往。他很简单地说他去了塔尔寺三次之后，还想去，又去。后来还想去，又去了。再后来，心里还是念念不忘那里。这是一种什么情愫啊？是什么让他无数次地对塔尔寺有了断不开的情？于是塔尔寺在我心里如同一颗种子播下了，并且成了遥远的念想。

这次青海行，让我终于可以将自己的身体和灵魂向塔尔寺靠近，又靠近。

之前，对塔尔寺的印象只是很多次的默念，不身临其境，既有清晰的一面，也有模糊的感觉。清晰的是，很早就知道它建于明嘉靖年间，是藏传佛教格鲁派创始人宗喀巴的诞生地。模糊的是，毕竟一直从未亲临，那些脍炙人口的美谈和神圣感，就像镜中月、水中花一般遥不可及，却不断地渴望。

站在塔尔寺山门前，心里涌来了层层叠叠的感动，像久违的浪，瞬间击破心灵的围栏，似排山倒海状，汹涌澎湃而去。想哭，真的想哭。

深深地吸一口气，抬起腿，温柔地迈进塔尔寺的大门。眼前的建筑，塔寺，似曾相识。塔尔寺啊，你可知道我已到来。

寺院里人流涌动，我和姑娘在如来八塔侧面，看见一位三十出头的女子，双手带着木板，身上穿着羊皮围裙，正围着八塔磕长头。她的眼睛虔诚地注视着塔身，每磕一头，嘴里都默念着六字真言。每次磕头都是双手合十，高举过头，再经过额头、鼻尖、胸口，然后双手自胸前移开，与地面平行前伸，掌心朝下俯地，膝盖先着地，后五体投地匍匐，额头轻叩地面，双手向前伸直。

这样磕长头的信徒塔尔寺内有很多，随处可见。

我想，来塔尔寺一定要请一位导游细细介绍它的故事。于是在入口处花了160元请了一位藏族小讲解员。女孩年龄不大，二十出头的样子，脸蛋儿上有着标准的高原红，很是可爱。她的"藏普话"讲得还行，只是语速太快了，像背课文呢，我忙告诉她不要着急。她一定是听懂了，语速一下放慢了许多，脸蛋儿更红了。

在参拜过程中，听着藏族小讲解员的讲解，我把对塔尔寺的敬慕、神奇和灵性慢慢根入身心……

塔尔寺有些房子的墙壁上，间隔着褐红色的倒梯形形状图形，其实这褐红色的墙是草做的，这种草既可以防腐还可当自然空调。

寺院里的墙壁从外面看上去有窗户的样子，但终年不能打开。而里面空气的流通，就全凭这些草墙来循环。

塔尔寺是宗喀巴大师的诞生地。也许你并没有听说过宗喀巴大师，可"达赖"和"班禅"我想你一定知道的，他们俩都师从于宗喀巴大师。宗喀巴大师是藏传佛教格鲁派，俗称"黄教"的创始人，也是佛教戒律的宗教改革者，继他之后便形成了活佛转世制度，即达赖和班禅两大神职系统。

塔尔寺坐落在青海省湟中县鲁沙尔镇西南隅，是藏传佛教格鲁派六大寺院之一，占地六百余亩。整座寺院依山势起伏而建，建筑特色巧妙结合了汉藏民族风格，是蜚声国内外的佛教圣地。塔尔寺有许多美妙的宗教传说和神话故事，还有那艺术水平很高的"三绝"——酥油花、堆绣、壁画，是祖国的珍贵文化遗产。

由于宗喀巴 16 岁进藏后再未回过青海，他声名远播，故其家乡有关于他灵迹的传说：他诞生后从剪脐带滴血处长出一株白旃檀树，其十万片叶子上每片自然现出一尊狮子吼佛像，意为十万身像。

如今的大金瓦殿就是以他的脐带血长出来的树为中心建成的。讲解员说，那神像是土包木、银包土、金包银，由内到外层层包裹。眼前的神像金光灿烂，笑容淡然神清气爽和善唯美。我久立佛前，静默无言。

据说，宗喀巴的母亲日日看着菩提树，睹物思亲，似乎儿子就在身边。她用母亲的大爱，赋予了菩提树茁壮成长的力量。

"塔"建造而成，随后便有了"寺"，之后也就有了今天我们看到的塔尔寺。

塔尔寺的每个殿堂内是不允许拍照的，索性我也就把手机放在包内，静静观赏塔尔寺这厚重的美。

大金瓦殿是塔尔寺的主殿，也是僧侣们学习交流的地方。

迈左脚跨过高高的门槛，抬眼便见上方高高悬挂着乾隆皇帝御赐的金匾"梵教法幢"，四个大字硕然生辉，眼前那些镀金的云头、滴水的莲花瓣、金刚套兽和铜铃以及屋顶的"火焰掌口"，处处显出精致和厚重的气息来。大殿顶部是红白相间的大银塔，四面缠着数不清的白色哈达，塔上的盒龛里，宗喀巴大师微笑地俯瞰着长跪不起的人们。据说，在塔内，由宗喀巴肚脐滴血而生的那棵菩提树，依然还在生长着，殿外的那棵百年菩提便是它古老枝丫的衍生，真是神奇呢！它枝繁叶茂，嫩绿透亮，一叶一菩提。

殿前有几根粗壮的廊柱被五彩羊毛编织的藏毯包裹着。殿堂内四周上方处有堆绣和唐卡。由于这是僧侣们学习的地方，每个座位上都放着厚厚的垫子。

殿里光线昏暗，千百盏酥油灯闪烁着淡红的焰火，每一颗焰苗都投下斑驳的影子，恍惚迷离，幻若梦境。

在里面待的时间久了，我似乎闻到了灰尘味、羊膻味、酥油味、经书味，还有各类法器味、喇嘛身上的体液味，统统混杂在了一起。那种独特的气息和味道，好像从时间深处走来，不停地侵蚀着我的肌肤和灵魂。大殿空阔、寂静，佛就在浑浊、迷离、神秘幽深的气味中穿行。我甚至感觉到，自己成了佛的一部分，与佛的心跳一起搏动……

从殿里出来，门廊间整齐地摆放着巨大的经筒。黄铜制成的经筒，不断被人转动，发出"咣啷啷，咣啷啷"的声响。据说，转一次经筒就等于诵读了一遍经文，就等于接受了一次佛祖的亲吻和抚摸，就等于为家人们祈福一次。不管你有多么深重的罪孽，都可以通过转动经筒借以救赎，使心灵抵达澄澈明净的境界。

红尘中的人们怎能没有罪过，或大或小都会有吧。

我转动着经筒，嘴里默念着那些曾经的过错，无论什么，也等于是一次救赎吧。

醉人眼眸的塔尔寺"三宝"，让人赞叹不已。

唐卡和堆绣在未到塔尔寺我就对它们多少有些了解。塔尔寺培养了许多优秀的医学和艺术人才，那些艺术学院的僧侣，用他们精湛的技术，创作了一幅幅精美绝伦的经典之作。唐卡的艳丽色彩鲜明搭配，各种人物故事，通过这些僧侣们，展示在世人面前，经久不衰。

据小解说员说，现在堆绣的技术已经失传，而我们眼前的堆绣成了罕见的遗世之作。

惊奇于酥油花！

第一次看到酥油花，就被这样的作品震撼了，更被创作者的故事深深触动心灵。

酥油花由酥油和一些矿物质以及金银粉组成，它只有在15度以下才可以固定形状。可想而知，在艺僧们制作酥油花的时候，手温必须低于15度。于是在制作过程中会在旁边放置一盆冰水混合物，只要手温度一高，必须放入盆中冷却。艺僧们在长年累月的劳作中，手关节全部变形。但是，虔诚的信仰已扎根在心中，为了艺术与信仰献身是无上的荣耀。

艺僧学习酥油花制作，通常要经过10年甚至到20年艰苦学佛修艺，才可以跟随大艺僧上架塑佛。然而，在历史上，一架酥油花塑成之后，仅仅向信众供奉展示一夜，尔后便被吉化消失了。

因此，酥油花素有"十年筑基，百日之功，一宵辉煌，福泽万众"之说。

现代技术可以让这些酥油花保存在巨型玻璃罩中冷藏，延长了展示时间，这也让更多的人有机会一睹酥油花惊艳唯美的风采。

酥油花的艺术，凝聚了许多人的智慧和心血，艺僧手里忙活，满眼含泪，感动之情，让他们早已忘记了寒冷与艰辛。

伫立在酥油花前，看着那些栩栩如生的作品，精细而艳丽，每一架酥油花，动辄人物走兽数以百计，亭台楼阁错落无数。大至3到5米高的金刚菩萨，小到几毫米的花鸟鱼虫。形神皆备，细致入微。那些花瓣的舒卷开合，叶片的脉络深浅，人物的喜怒哀乐，山川的峰峦叠嶂，各种形态都表现得惟妙惟肖，仿佛身临其境。

我心被震撼的同时，此生也将难以忘怀它。不禁感叹，时代兴而艺术兴！扎西德勒！

从塔尔寺走出来，大雨滂沱。在雨里静静地回望它，静美随之而来。曾经的岁月，宗喀巴大师因为被母亲思念，才有了这样的一座寺。而今的时光，触动了多少僧侣与烟火尘世的灵魂。

雨中再一次深情回眸，突然觉得，塔尔寺在岁月里一直都是种思念。在思念中，它在讲故事给我们听。

梦中的诗与远方——茶卡盐湖

总有一处风景让你感动，总有一个地方让你热泪盈眶。

站在拥有"天空之镜"的茶卡盐湖，张开双臂，极目四望，水天一线。心中油然而生一种叫爱的东西，不想离去、不愿离去。爱，原来就是想拥抱，想拥有。

茶卡盐湖，这是个有爱的地方。

早上六点多就前往茶卡盐湖，听说这个季节到茶卡盐湖的人多，抢个早，希望不要与大批量的游客争着分享这个美丽的地方。人总是对美好的东西藏着一种很温暖的自私感，我也不例外。

到了盐湖边，坐小火车去往盐湖深处，小火车上的人不多。更有比我们早的游客，他们已经沿着小火车旁边的盐道往回走了。

依旧遇到了小雨，细雨霏霏，小火车在雨中行驶得很慢，像在散步。

看看黄历天气，上面说到中午时分天气才会放晴，但愿此次在茶卡盐湖能遇见太阳。因

为，太阳出来，这里的温度就会高一些，"天空之镜"就会出现别样的色彩，倒影也会更加清晰明朗起来。

从小火车下来，沿着曾经的运盐铁道，一直往湖深处走去。

一望无际的茫茫盐湖，水呦清澈见底，不深，大约就一尺吧。由于盐分含量非常高，水中没有任何生物，哪怕一根水草也看不见。天空也不见任何飞鸟。那年久的木质电线杆隔一段距离就有一根，我想这电杆与被盐腐蚀得锈迹斑斑的铁轨年龄大概一样。它们在过往的蹉跎岁月里静静守候着这片宁静的湖水，见证着盐湖的昨天与今天。

越往里走，游客越少。我就沿着铁道线走着，直到铁轨没入湖水中。往前看，再不见一个游客。

雨停了，太阳似乎要冲破云层的样子。

远处，隐约可以看见山，是诗与远方的寂静。

身后的游客多了起来，湖中艳丽的裙子飞扬起来，"天空之镜"的美丽景色就要呈现在眼前了，太阳终于钻出云层，射向了湖面。茶卡盐湖立马热闹起来。不论是寂静还是喧闹，都是茶卡盐湖赋予我们的大爱，是大自然馈赠我们的礼物！惊叹这份寂静！也惊叹这份繁华！

有好多拍婚纱照的情侣，他们甜美的笑容感动着每一个经过他们的人。好多摄影爱好者，架起相机拍下了茶卡盐湖一幕幕的难忘画面。这是个有爱的地方，原来人都喜欢待在有爱的地方。

太阳出来了，圣洁的茶卡盐湖如落了一场大雪，目及之处是晃眼的皑皑盐粒，无法躲避。脚下、身旁、方圆几十公里，都是盐粒，白得圣洁。

落雪了，这里一年四季都是雪景！

盐，堆成的大山；盐，塑成的雕像；盐，铺成的小路；盐，覆盖的地面！还有，盐，为我们带来远方的梦幻，诗歌的意境！那些在水里舞起的红裙子，那些在岸边笑得满是皱纹的老婆婆，那些在爱情蜜海里如胶似漆的人儿。爱在这里聚集，爱在这里释放！

这里的爱，从远方的蓝天能延续到大地的尽头，真正的天地之爱！

茶卡盐湖的爱还存在于那一条条沧桑的运盐铁轨和众多的传说。

现在拉游客的小火车，曾经就是运盐工具。该铁轨始建于1958年，轨距仅有60厘米，是目前存世较少的"窄轨"火车，所用部分铁轨还是1904年俄国生产的。小火车为茶卡盐的运输和青海的发展立下了汗马功劳。两条并排的铁轨，一直延伸到盐湖深处的采盐区，它是青海发展的见证，也是历史的再现。

小火车和铁轨，勾勒出了茶卡盐湖沧桑的采盐历史和地标性的地理景观。看到这些老铁轨,仿佛看到了五六十年前那些采盐的劳动人民在盐水里战天斗地的艰辛劳动场面。再一次让我们感知了青海盐业前辈们的汗水已经融入了这清澈的盐湖,他们的博大情怀与盐湖一样感动着天地,也定格着一个个难以磨灭的记忆。

人活在这个世界,盐似土壤、空气、水、火一样的不可或缺。那些美丽的传说,也为茶卡盐湖带来了几分神秘色彩。西王母娘娘派遣1000位仙女下凡守护百姓,汗珠滴落成盐;农业之神的盐帝,在荒芜的大地上,为了给百姓带来食用盐,左手操青龙,右手持赤龙,上乘盐水,水出东南,使盐析出,成为晶体。

无论是传说中的神,还是曾经为采盐而劳作的人,他们全都是因为爱。茶卡盐湖实在是个有爱的地方,爱在这里滋生、蔓延、成长!

带着无限的眷恋与爱,离开了茶卡盐湖,离开了这个能看见远方和诗的地方。

这一路啊,看尽雪山、大漠、戈壁、草原、湖泊,感受那集苍茫、狂野、大气、温婉于一身的风情。

西北,那淳厚狂野的风景,终将会成为我难以忘怀的记忆。最可怕的是不舍,但是西北一旦来过,便成了一种念、一种痛、一种瘾。茶卡盐湖更成了拂不去的印迹!因为有爱!

守住时光的宁静寺

去宁静寺，一定要走这条路。

这是一条最美的乡间小路，路边的百年大树参天蔽日。每到夏季来临，树树枝头相搭，形成一个绿色拱门。这拱门在秋季的时候，色彩缤纷。金色的树叶落满地面，抬望眼，黄绿错综的树叶交织着，那颜色，真是浓得化不开。

这时候的天地间，形成了人间最美的通道。这条道有一公里长，顺着这条最美乡间通道，一路心情舒畅地就到了宁静寺。

宁静寺，从字面上理解：人间的芸芸繁华与虚荣，都是暂时，无法永恒我们的内心，唯独宁静方可致远。我是这样理解的，也是带着这样的虔诚来到宁静寺。

这是我第二次到宁静寺。

宁静寺系大同辽代建筑之一。坐落于新荣区的破鲁乡。那条最美乡村路每到夏末秋至，吸引的不仅仅是我，还有众多的摄影绘画爱好者。那宁静寺据说：庙宇虽小，神仙很大。

宁静寺虽历经沧桑的变迁，但至今仍保存

得较为完整。寺内现存明嘉靖四十一年（公元 1562 年）和大清康熙四十年（公元 1701 年），重修所立赑屃驮碑两块。古寺考究的格局，精湛的建筑结构，丰富多彩的艺术造型和美丽神奇的传说，吸引着无数人前来观光朝拜。

"民国"二十五年，无边法师途经破鲁时，见这一古刹断瓦残垣，悲心欲动，可囊中羞涩。他欲要化缘筹资，修缮寺庙，又一想化缘来的资金真是杯水车薪，怎能拯救寺庙。他多方打听，听说一地主家富裕得很。于是前去化缘，却遭遇了闭门羹。无边有心，坐于地主家门前，第二日，地主在晨光中看到了一座金碧辉煌的庙宇，连忙出来扶起无边法师，并跪拜不起，决定出资修缮寺庙。

据说无边大师在世 129 个春秋，贫苦孤陋而坚毅，每到一个寺庙，都要咏经念佛，渡化弟子，为后人敬仰。

"文革"浩劫，宁静古刹也未能幸免。颇具文物价值，铸工精巧，纹理奇特，神态迥异的佛像及高 12 米的千佛铁塔均毁于一旦。寺内法器供具，亦无尚存。一时间，门可罗雀，草可盈阶，庭院冷落，香火中断。所幸的是，宁静寺殿堂因先后做过磨坊、粮库而保存了下来。部分佛像和殿内壁画是因巨蛇拜佛的民间传说而幸免于难。义清法师于 2000 年住持后，对该寺进行了扩修，把当地村民三家共九间房地买回补修东院。幸以三宝加被，众善支持，筹资献力，重塑了观音殿的观音菩萨、送子观音、十八罗汉、韦陀伽蓝。地藏殿的地藏菩萨、闵公、道明、牛头马面。天王殿的韦陀菩萨。并金装重修了每尊佛像，整修了殿宇。扩建了寮房斋堂，每个殿堂加做了牌匾、对板。经数载已初具规模。

宁静古刹院内那颗粗约 2.5 米的苍劲古榆，究其年代无以考证，据村中老人回忆，"民国"年间它就是现在这么粗。"文革"期间，寺毁人走，老树枯死。然而在二十几年后的 1987 年，比丘尼慈园

师及众多善信者为恢复宁静道场，筹资对该寺在维持原状的基础上进行了修补。意外的是这颗古榆就在这年春天发了新芽。年复一年枝叶繁茂，冠掩古寺。据说，古树已被列为古树名木之列，树种名为"白榆"，树龄约300年。

树感于人的诚心死而复生了。

写到这里，忽觉万物都有灵性，即使是不言不语，也有灵魂在其间。万物都要讲究个天时地利人和，一旦失去了这一切，苟且偷生又如何？索性是棵大树，枝干枯死，不想去看人世间的繁杂尘埃。但是她的根系却从未死去，她在地下静静地守候着、等待着，储存着力所能及的力量，期待重见天日。果真等到了柳暗花明的时节。

想啊，在那个年代，又有多少个像这棵树一样的人，皮囊早已死去，仅存留一颗未死的心，在阴暗角落里苟延残喘着，无可奈何着，等待着。终将有万木回春的时候。

惊诧于宁静寺的对联、艳丽夺目的壁画与形态各异的人物肖像。正门的柱子上挂着一副对联,上联是"正念一心去暗投明登佛地",下联是"觉超三界引迷入悟出娑婆",字迹古朴恢宏,意境深远。西门的对联很有意趣"天雨虽多不润无根之草,佛门广大难度不信之人"。"信"为入道根源,众生因惑业深重,迷于尘世,难以起信,故此门经常关闭。东门的对联曰"若人散乱心入于塔庙中,一称南无佛皆共成佛道",这副妙联启示世人,只要你入于寺庙之中,称一声阿弥陀佛,西方的莲池便已种下菩提种子。因而此门时时畅通。

入于山门,殿内东西两侧供奉着哼哈二将,用力鼓鼻的是哼将,急张大嘴的是哈将。昼夜守护着寺院的安全。这两尊像是无边老和尚生前所塑。进入三门,踏进院子,便见一口古老的洪钟挂在院子的东侧,这口钟是明朝万历年间铸造的,高一米,口径九十厘米,重六百斤。这口洪钟造型古朴典雅,铸工精细,据说敲击起来声音洪亮,余音悠长。

院落整洁干净,两面墙壁上各雕有一字,东边的墙上一个"佛"字,置于一朵盛开的莲花之上,并配有一联"人天路上作福为先,生死海中念佛第一",一语道明了修行之路,使人茅塞顿开。西边的墙上一个"心"字,同是置于一朵绽开的莲花之上。有联曰:"道由心学功由心修,德由心积佛由心成",启示众生,一切万法唯心所造。

最明艳的是大殿内的两侧墙壁上,绘有精美的明代彩绘壁画《万圣朝拜图》,画内人物形态逼真,栩栩如生,线条流畅,色彩鲜艳,造型古朴典雅,艺术精湛无瑕。

大殿东侧为观音殿,门旁一目了然的对联体现了观世音菩萨的悲愿,"慈悲喜舍救苦寻声,誓愿宏深现身说法"。西侧是地藏殿,门前一副对联时刻警示众生善恶有报,"阳世奸雄伤害皆有己,阴司报应古今放过谁"。告诫世人万法皆空，因果不空，我们要诸恶莫做，众善奉行。

出门时再看两边的四尊塑像，静态各有神韵，形象逼真，色彩鲜艳，表情丰富，八目睁圆。他们虔诚地立于两侧，守护着宁静古刹。

宁静古刹既有佛教圣地的庄严，又有旅游参拜的幽雅。听义清师傅说，每到四月初八，来这里朝拜的香客游人络绎不绝，各个殿堂都有善男信女们跪拜祈祷，一直到天亮。

我不喜欢人多凑热闹，找了个平淡的日子到这里来。那天，古刹宁静，我的心宁静而致远。

深邃的狼窝山

登临狼窝山栈道是在一个细雨淅淅，浓雾弥漫的日子。撑着伞，慢慢走上栈道，这样的天气，黄色的木栈道，近看艳丽，远望迷蒙，别有一番洞天。

狼窝山栈道离大同市区30多公里，开车也就是半小时的时间。它是大同火山群中唯一一座沿着山脊建造了木栈道的火山景点。若逢晴天，山脊上黄色的木栈道与山上的翠柏蓝天融在一起，真是蔚为壮观。不过，逢着绵绵细雨，倒是有种人在水墨丹青中畅游之感。

大同火山群按所在方位，可以划分为东、西、南、北4个区域。其中西区火山是最为集中和壮观的，而最著名的几座火山如金山、狼窝山、老虎山、阁老山、马蹄山和昊天山等都分布在这里。它们从宽广的桑干河河谷拔地而起，从高空俯瞰，就像一群具有生命形态的活物正在奔跑。

曾经，我站在火山群的老虎山山顶，感慨万千。造物者赋予了大同大不同的文化遗产，这火山是何等的震撼人心。

北望，视野中可以清晰地看到金山和狼窝山，它们形似日本富士山的截顶圆锥状体火山，上部是完整的锅状火山口。后来才知道，火山口是火山熔岩在冷凝时由于应力作用而形成。

当汽车沿着玉带似的攀山路，从北边的缺口驶进狼窝山时，呈现在我面前的是一个宽阔的盆底，这就是狼窝山的火山口。据测算，狼窝山火山口直径达500米，是大同火山群火山口直径最大的一座。更有意思的是，火山口呈标准正圆形状。这时候，你或许就明白它名字的由来。火山口就像一个窝棚，除了那个缺口，都是墙一样的山峦，密不透风。如此大的窝，那得住多少狼呢？带着这样的疑惑，免不了要去盘问当地的人们。

上山的时候，途经山下艾家洼村，村庄里明显人口不多了，老汉老太太们看到如今狼窝山不断涌来的游人，总是很惊讶地问，那一个秃山头有啥好看的？

从老人们嘴里得知，过去这狼窝山确实有狼，时不时还进村祸害过人，后来人口增多，电灯明晃晃的，狼也就不敢出没了。慢慢的，狼也就少了。

老人们不知道狼窝山更悠远的历史，生活在山下看惯了它的容貌，不觉得它有多俊朗。而今，当我走进它时，是带着对它曾经沧海桑田的敬重，曾经风云变幻的莫测。在那个久远的岁月里，留给了我太多的想象。

狼窝山也是大同火山群火山口最为深邃的一座，山口深度平均达到30至50米。最特别的是，它的火山口中又生火山口，称为"继生火山"。第一次喷发突破早期火山岩覆盖，大量火山喷发物堆积成一个主火山锥，并在锥顶形成圆形火山口。当火山活动经过间歇之后，又有小股岩浆沿火山通道的薄弱部分突破，并再次活动，如此多次喷发，便形成了我们现在看到的狼窝山。火山口这么深，这么大，就是因为火山多次喷发造成的。

想象那一次次大规模的火山活动，大量地下岩浆喷涌而出，熔岩流淌在周边十多公里的地域。直至现在，这里到处都是赭红或黑褐色的火山浮石和碎渣，地面上随处可见形似火山迸发之后流经的痕迹。

春天的时候，我也来过一次火山群，恰逢青草吐芽，前几天又下了一场大雪。山下雪已消融，半山腰到山顶还有积雪覆盖。一截嫩绿，半截褐红半截白。那形状、那色彩，无不让人惊叹大自然的神奇！它，惊艳了时光，也惊艳了我。

沿着黄色的木栈道在狼窝山脊上漫步，细雨缠绵，烟雨缭绕在山间。眼前虽是朦胧，却依稀可见山的南侧一道道深刻的皱纹，那是多少年流水冲蚀的痕迹，是历史的沧桑雕刻。山脚下一直往南，一条条巨大的沟壑，面对岁月在大地上如此深刻的记忆，感叹时间如水，风声如铁。这风声划过大地的脉搏，雨水浸透土地的肌肤，多么像是一幅刀刻的版画，它也深深地刻在了我的脑海。

继续沿着那山脊上镶嵌的栈道前行，时而拾级而上，时而如行平地。行到宽阔处，放声大吼一声，这声音在山窝里回旋后沉入山底。行到窄小的地方，心里不免有些紧张。由山顶一直下到了窝底，再由窝底沿着栈道慢慢攀升到顶部，迂回曲折地漫步在山间，伴着缥缈不定的烟雾，有一种人在画中游之感。

这时候，我内心的平静，一如大山荒野从未遭遇过惊天动地的火山岩浆的亲吻淡定从容。狼窝山似乎很凶险，然而，它的胸怀是那样宽广深邃。

　　狼窝山很美，像幅画。

　　就在这雨天，撑着伞走在这栈道上，默默承受着一种静美，感受着灵魂深处的孤独。此刻的狼窝山栈道，它那脊梁之高，它那曲径通幽之美，我说，这一切与寂静的灵魂相遇了。

在时光中寻觅一段故事——芦家窑

"拉大锯,扯大锯,姥姥门前唱大戏,外甥女也要去,赶着毛驴接她去……"

小时候最高兴的就是五舅舅给我唱这出戏,他一唱,我就觉得那个外甥女就是我,毛驴儿把我接到了芦家窑村的姥姥家。不过,到姥姥家无数次,只是,我一直都没有骑过毛驴儿。

芦家窑就在曹乃谦老师笔下《到黑夜想你没办法》书中所写的温家窑村的南面,离得不远。也是个很有故事的村庄。我写它,第一是

因为有感情，它是我姥姥村；第二是因为故事中的万人砖和敢死树。

这个村和我到过的所有北方地区的自然村庄一样，年轻人都到外面挣钱养家，村里留守的基本是老人。孩子们也很少，因为村里已经没有学校。

说起这里的学校，其实是我最留恋的地方。小时候，每到假期，我到姥姥家，还在这里的学校上过几天学呢。我说普通话，老师总是让我领着他们读课文，在当时，我就知道那是一种荣耀。我为那点荣耀几次三番地兴奋过，这也成了我一生中喜欢回忆的闪光点。

去芦家窑村的这条路我一点都不陌生，只是今年又增加了两排行道树，里面的一排是丁香和松柏，外面的应该是柳树吧。刚种不多久，笔直的树干上还没有长出来叶子。也许不久就会枝繁叶茂起来。

恰逢小满，在地里干活的人很多。听父母说，庄稼人这几天正是忙碌的时候。"小满前后，点瓜种豆。"

地里干活的一位老者，头戴草帽，身子骨硬朗，满面笑容，旁边的牛儿悠闲自在地吃着青草。一下子想起陶渊明的一句诗："采菊东篱下，悠然见南山。"感觉在田间地头并不是劳作，是一种难得的休闲。这样的乡村种地牧牛图，框在我的眼里，顿时让我有点向往这样的生活了。城市固然很好，可是生活久了，总是感觉太过浮躁嘈杂，难免想逃避到乡村去过一种淡泊宁静的生活。

不过，若真正在乡村生活久了，我想又要向往城市生活了。

芦家窑村的人们自古以来都是朴实而善良的，也是多才多艺的。在我姥爷辈儿，村里就流传着这样的一句话：铁匠五子，木匠卜子，疙圪梁梁底下的虎子。这三个人都是村里的艺人，在十里八村都是很有名气。其中，木匠卜子就是我姥爷。

我姥爷叫卜子，我后来才明白，除了姥爷木匠手艺一流，还有

就是姥爷喜欢《易经》，也给人们卜卦占星算命。在村子里随便走走，看看那些被风蚀雨侵的老房子，大多数都成了残垣断壁。不过，即使是檐倾榱摧，那雕花镂空的窗户还是依稀可见。在时光流逝中，我再一次见证了姥爷一流手艺的永恒。

远远地看到一棵枯树，不，在它的侧面分明有绿色的生命！

就在过了河床的山坡上，有一棵大树，它干枯的枝干直挺挺地矗立在那里，腰身处冒出来的一簇绿枝，是那样得显眼。询问村里上了年纪的老人，方才知道就在这棵大树的周围，原来是观音庙、奶奶庙、关帝庙的遗址。这棵大树就叫敢死树，但是敢死树却在顽强地与岁月抗争着，敢死树不死，新的生命正在蓬勃向上！

更有故事的是，就在这个地方，曾经每到过节，周围十里八村的人们都来看戏。戏台就在观音庙里，庙里有一块砖，就叫"万人砖"。就是因为这块"万人砖"的存在，看戏的人再多，庙里都可以容纳。带有传奇色彩的砖头就像一块儿磁铁一样吸引着我,我想一睹神砖风采。在长满青草的庙宇遗址上,我转悠了半天,也没有发现什么。后来听说,那块儿神砖,早在庙宇被拆除的时候,就和庙里的大钟被打碎了。我一脸遗憾地看着满坡的羊儿,它们低着头是在寻找青草。我们都是寻者,只是目标不同罢了。

离开了庙宇遗址,和那位放羊的大妈聊天。看着她的一群羊肥肥壮壮,心想她的生活一定也不错。

"大妈好!这一共有多少只羊?"

"四十只,院子里还有十三只小羊。"她很高兴地指指不远处的房子。

我顺着她指的方向看去,一处小院落,就在那棵敢死树不远处。

"唉,现在吃喝肯定不用愁,只是——"老人家不说了,我忙问:"您说的'只是'是咋一回事呢?"

"和你说了也没用,不想说了。"一听这话,我更想问明白原因。在我的一再要求下,老人家说了。

"这些年村子里的扶贫项目多,我家的房顶去年就说给修,到今年了也没修。唉,你看看这雨一下,我就愁。"

哦,看来大妈真没看错我,我的确在这件事上帮不上忙。只能安慰大妈:"也许您等几天,村里会给您修理的。"

芦家窑村其实挺好,我曾经写过的《四铁匠相亲》就是出自这个村庄的故事。也许还有更好的素材等着我去写呢!

暮色中,我离开了芦家窑村。晚霞披在从地里归来的憨厚朴实的农民身上、牛背上和这个静谧的小村庄上。

雁门关，三千年的关隘初相见

多少次途经雁门关却只是一个回眸，一种留恋。望着巍巍群山，起伏山岭，只能从车窗感受它的巍峨雄壮。它铿锵悠久的历史却始终萦绕在我的脑海。

此生前往什么地方都没有做过周密的准备，即使是踏出国门也是一时的兴起。前往雁门关也是一样。

我一直都这样认为，最好的相遇并不是经过周密的计划碰撞在一起，那是一种契机。

还在晨跑中,琴打电话说要去雁门关,边喘气边答应。

一说"关",总会想到与之相关的"口",就像我多次去过的杀虎口。其实不论是"关"还是"口",都是根据地貌特殊条件,有意识设置的关隘。关隘的出现,便形成了不同地理和文化差异的分界线,还成了人们坚守和送别的地方,也为古人抒情提供了无限的遐想,为朋友分别添加了浓郁的色彩。

杀虎口有这样的对联:"大漠高天汗马追云,西口长歌征驼伴月。"无限延伸的意境,让人不得不想象着杀虎口之外天地的广袤、寂寥与寒凉。

至于有"关"字的诗句那更具有知名度。"劝君更尽一杯酒,西出阳关无故人。""阳关"是内与外的一个分界线,也成了时人和后人无限想象与向往的地方。

"羌笛何须怨杨柳,春风不度玉门关。"这样的苍凉、慷慨、悲壮,抒发了当年戍边将士不得还乡的怨情,却少了颓废消沉的情调。同时,玉门关也成了后人想象并希望一睹风貌的地方。

再看看王昌龄的《从军行》:"青海长云暗雪山,孤城遥望玉门关。黄沙百战穿金甲,不破楼兰终不还。"这里本来写的是"玉门关",但是有些人偏说是"雁门关"。

同样在李白《古风五十九首·之六》里这样写了雁门关:"昔别雁门关,今戍龙庭前。惊沙乱海日,飞雪迷胡天。"

同样的豪言壮语,同样的凄美诗句,让我们看到了雁门关作为交通要道的险要性。我想当时这里可能是个驿站,是个很重要的驿站。

记得小时候,我跟在父亲屁股后边,走在荒无人烟的山路上。父亲经常说着同一首诗,如今忘记了诗人的名字,但诗还是记得比较清晰:"羊马群中觅人道,雁门关外绝人家。昔时闻有云中郡,

今日无天空见沙。"我当时听过多次却只知道"绝人家",一定是荒凉。如今再一次回想,闭着眼睛,满眼底都是牛羊不见人家,都是群山连绵,只见黄沙漫天。

雁门关作为古代中国的"北大门",正好处于暖温带与中温带、半湿润区与半干旱区、忻定盆地与大同盆地的分界线上。同时,也成为中国古代内地与塞外、中原与漠北、农耕文化与游牧文化的分界线。也正是因为这一自然地理与人文地理同在一个分界线上,造成了雁门关的特殊性和重要性。中原政权想向北拓展,需要通过雁门关;北方游牧民族羡慕、垂涎中原的文明和富庶,同样需要通过雁门关。而不管是向北拓展还是向南推进,雁门关都是必须逾越的屏障。于是作为北方的重要隘口,雁门关的特殊性和重要性也就不言自明。当然,文学的抒情成分更加不言而喻。

雁门关的特殊性还不仅仅只是这些,由于它的地理位置得天独厚，又有"双关四口"的特殊美誉。这在当时是独一无二的。就拿居庸关来说，它只是"一关双口"，居庸关北面是八达岭口，南面是南口。而雁门关的"双关四口"。西陉关和东陉关，西陉关北面是白草口，南面是太和岭口；东陉关北面是广武口，南面是南口。

因此在当时想要沟通南北，就必须得通过雁门关。独特的地理位置，也成就了它的战略喉塞。为此，战争的风云，贸易的相通，也就成了雁门关抹不去的记忆。

孟夏的雁门关，重峦叠嶂，郁郁葱葱，更显关的雄伟险要。有长城、关城、雁塔，有小桥流水、飞禽鸣叫，有牛羊满山，八方宾客。壮观的代县城，诱人的白石岩，悠久的赵杲观，令人敬仰的杨家祠堂。的确是个文人荟萃的地方。相关的故事更是数不胜数，"昭君出塞""文姬归汉""四郎探母""魏绛和戎""隆庆和议"等所反映民族间的冲突与融合，也与这里分不开。赵武灵王，汉武大帝通过雁门关向外拓展，匈奴、鲜卑、突厥等少数民族通过这里与华夏文明相互融合交流。

再说，雁门关除去战争之外，还有贸易，它不仅有"玉石之路"的中原门户之美誉，还是北朝时期"丝绸之路"的重要通道，同时也是"茶叶之路"的必经之地。至于明清时期的晋商也正是通过这里，到北方草原以及俄罗斯等国家经商，并且成就了一个时代的商界骄子——乔致庸。

关于雁门关是"丝绸之路"的枢纽，当然也有资料可查阅。

"丝绸之路"的东方起点是在西安，因为无论是汉朝还是唐朝，西安都是首都，是政治、经济的中心。当时也有人认为"丝绸之路"的东方起点应该在洛阳，因为它是东汉的首都。如果在看到汉朝和唐朝丝绸之路繁华的同时，也应该想到从汉朝到唐朝之间还有魏晋南北朝，这个300多年时间段当中的丝绸之路，依然没有中断。特别是北魏定都平城也就是今大同的时候,这近百年的历史当中,中亚和西域各国的商旅同样与中国进行着交易。自然作为当时的平城,不仅是北魏政治的重心,也是中西贸易文化交流的中心。而且即使是作为丝绸之路东方起点的西安和洛阳,他们也只是商品的集散地,而非生产地。而山西,恰恰是丝绸的重要生产基地之一。

这个还需要追溯到魏晋南北朝之前的气候条件。北魏的时候,山西是个气候湿润,灌溉业发达的地区。这里不仅仅是丝绸的产地,也是中国纺织产业的发源地。晋南夏县西阴村的嫘祖庙,就是纪念养蚕和纺织的创始人、黄帝之妻嫘祖。在西阴村还发现了蚕茧的化石,以及纺轮、骨针、石刀等纺织工具。可见,种植养蚕在北魏时期的山西确有其事,也可见其历史的悠久。

显然,丝绸之路的东方起点在不同时期是不同的,北魏时期的平城,作为重要的中心城市就是丝绸之路的东方起点。

战争的风雨与贸易的汇通在久远的时光里走过了雁门关,在这雄壮的山间,密密的丛林里留下了多少艰辛与欢喜,也留下了多少遗憾与无助。

雁门山,在这里矗立了三千年;雁门关在这里也撼守了三千年!山还是山的雄壮威武,关已不再是关隘的味道。回望漫漫三千年的时光,此刻我站在雁门关上,初与你相遇,我与附在你肌肤上的一草一木一样动容、欢喜。

抚摸着千年的冰凉城砖,透过我的掌心,隐隐传来一些脉动。那些英雄的厮杀呐喊声、战马的嘶鸣奔跑声,在我耳边回荡,昭君在荒原上的一次次留恋回眸,眼底流转千回。曾经的曾经都成了久远的历史。

如今我抚摸着历史的痕迹,断想着尘世的暖意,是否可以穿越黄土的薄凉,传递给他们不死的灵魂?

慧泉禅寺

一个杏花还没有落尽的日子,去了慧泉寺。寺内的唐卡壁画没有看到,但解开自己长久以来的心结。

初春的慧泉禅寺,已有很多色彩点缀。苍翠欲滴的松林,间或一两株欲要开放的杏树,也有将要开罢的桃枝,让慧泉禅寺更有了禅意。经年的古刹,金瓦红墙,异常醒目。尤其是那几角飞檐斗拱,层层突兀高翘,檐上的风铃响在空旷里,灵动的声音,飘得很远,像是在诉

说。听到这些声音，内心深处的卑微尘念，已经不再苟延残喘，只剩一心观景，静悟菩提。

慧泉禅寺真是个修行的好去处，远离尘嚣，居于方山脚下，万泉河畔。楼台亭阁，苍松古杏。于我而言，可以暂时淡忘城市的烟火嘈杂，静静守候一段古刹的香烟缭绕。

已是下午五点多，太阳西斜，轻轻地敲开寺庙大门，一师傅出来迎接。经相互攀谈，方知对方是陕西人士，已来此十年有余。师傅引着，边走边介绍。

慧泉禅寺，是一座历史悠久的古寺。始建于明弘治十一年（即公元1498年），一直香火不断。后经战乱破坏、文革劫难，损毁严重，归于沉寂。现重修之后，寺院规模扩大，殿堂增加，雕梁画栋，斗拱飞檐，更加气势恢宏，壮丽雄伟。

新建的慧泉禅寺，在恢复原建筑的基础上，新增了观音殿、地藏殿、普贤殿、文殊殿、伽蓝殿、达摩祖师殿、藏经楼（钟鼓楼）、念佛堂、龙王庙、古戏台、流通处、碑廊等计四十一间殿堂等建筑。还新建了僧伽院、居士林两处院落。其中大修原建建筑511平方米，新建筑1431平方米，硬化广场2000余平方米。重塑金身24尊，其中铜像4尊，木雕像3尊，其余皆为泥塑像。彩绘壁画面积250余平方米。各殿堂檩替、过廊、垂花门等处木构建筑采用和玺彩、大金点、上五彩、苏式彩等彩画手法，雕梁画栋，精心彩绘。彩绘面积达600余平米。重修后的慧泉寺气势恢宏，重叠有致，古朴典雅，古色古香，重展过去古寺风貌。

慧泉禅寺的草木丛林皆是佛。进入这里，尘世间所有的伤害、愤怒、忧伤、喜乐，都已微不足道。

进入寺院，一首佛诗落入眼目，"慧日当空除灭幽冥诚士转善得果，泉水奔涌润被情器苍生增福延寿。"看罢此诗，心中顿觉自

己是那样的浅薄。一心想避开那红尘万丈，其实身边无处不是红尘万丈。

跪拜在殿堂佛前，双手合十，双目紧闭。只感觉师傅点燃了一盏莲座明灯，眼前豁然一亮，心依旧在默念。叩拜之时，耳边传来师傅敲响磬的声音，心随声音契合。

其实我知道，庙宇于我，只是生命中的一次小小停留。我与灵山，远在十万八千里之外，我断不了红尘滚滚，我也依恋红尘。我不可能与红尘一刀两断，眷恋两个尘世，就让我隔一段时间走进庙里，与这空灵的神灵做一次简短的对话。我想，这也许就是解惑，抑或是清除灵魂深处的污垢。

佛，真是慈悲；佛，真是大度。他容纳了众生多少无奈悲伤与过错，依旧可以笑眯眯地看人来人往。

边走边攀谈，从大殿出来时，我知道了这位禅师叫慧明。慧明走路很轻，我也尽量放轻脚步，怕惊扰了这寺庙的寂静。他还说："慧泉禅寺的历史可以追溯到北魏时期。"哦，如果那样，这寺庙距今已有 1600 年的历史了。

我想,也有这个可能吧。因为在郦道元的《水经注》里就有万泉河的记载:"当年万泉河,水涨船高,大船于河上划过,停于岸边,装物载人渡河。"慧泉禅寺可能也有记载。

步入另一个禅院,院里静悄悄的。推门而入似乎就是一场对话,这推门声打破了原有的寂静,有狗吠传来。师傅一声呵斥,狗吠立即停止,两条藏獒凶狠的牙齿,被黝黑的嘴唇包住了。乖乖地卧在原地,一动不动,只听到了它们很粗的出气声。

我这次来慧泉禅寺是专门拍寺里的唐卡的,恰巧管理员进城去了,财神殿的钥匙也带走了。不过也不扫兴,我一直相信缘分,看不到唐卡,可能缘分没到,我可以再来。

每到一个庙宇,我总想知道一个师傅的经历,想明了他为何要了却红尘,步入禅道。这次,看着慧明禅师,他那温和的笑容,我已无心去问他。可能我在瞬间读懂了他:万丈红尘化菩提道场,人生百态成五蕴皆空。在他心中,凡界为佛果,秽土即净土。他关门的瞬间已与凡尘俗事隔离很远。

离开慧泉禅寺,突然觉得,桃源,不一定是种满了桃花的地方;茅屋,不一定是茅草盖的屋子。心有桃花源,处处水云间。心若旁骛无杂念,尘世浮华又如何?

这辈子,不论走多远,心一定要有个简单的归宿。相逢刹那,别离刹那,在尘世中栖息,没必要将一切看得太清。难得糊涂,做到它,我想已是入了禅道。不过,有几人能如此人生。也许,只有那归隐尘世的人。

弘法寺遇见小沙弥

再一次到弘法寺是带着对小沙弥的爱而来。那个寺院起居室门帘后的一个闪现，那个眉清目秀的小沙弥笑盈盈的脸，总是浮现在我眼前。每一次走进寺院的门槛，总有一种潜伏在内心深处的引导，这次走进弘法寺还是冥冥中注定的缘分。

弘法寺的门开着，走进寺院就走进了一种宁静圣洁，也走近了那种洗涤灵魂的渴望。

缥缈的烟雨载着云梦般的世事远去，一切杂念涤荡得无影亦无痕。走进了寺院，才能感觉远离了红尘，真正安静下来，才可以看到真实的自己。此刻的心在一阕梵音里落座，离红尘很远。

进了寺院眼眸落在那次小沙弥闪现的那个门帘之后，没有看见他的影子，目光在安静的寺院里扫过。向一位师傅施礼问候小沙弥的去向，方知小沙弥因为年龄尚小，又去读书习字了。心顿时放下，这样也好，纵然落于佛前，虽青灯黄卷，但基础的文化总是后期思想与理

念的奠基。岁月看来不告而别了，日子还是阳关三叠。相信若是有缘，此生必然可以再见到那个小沙弥，到那时，红尘中的种种难舍他已看淡，在青灯之下成了一位真正的隐者。

弘法寺院落干净整洁，三面是僧房，中间坐落着金碧辉煌的大殿。大雄宝殿居于大殿之后，雄宏壮观。灰色的琉璃瓦覆盖在房顶上，四角飞檐斗拱层层递进，风铃在空中发出清脆悦耳的声音。屋脊上的瓦棱镀金，光彩夺目，蔚为壮观。那一个个活灵活现的小兽首，昂首挺胸，精神抖擞地守望着寺院，左右对称，相映生辉，和谐完美。

大殿里梵音袅袅，木鱼声声，吟诵千年的经音直抵心底，永不停歇。我伫立在大殿之外，凝神倾听，却什么都没听懂，也许只有端坐在大雄宝殿前的那两只高大雄壮的汉白玉大象才能深悟它的空灵吧。我想，有许多僧者的红尘旧事，都会在这里安放吧。他们从前世逃离到今生，又怀着清澈明净的心去赴来世的约定，在青灯古佛下，一次次告诉自己忘却前缘，去相信世间的因果轮回。世事如风，烟消云散，曾经放不下的一切都会尘埃落定，如此平静，如此安然。

看孩子们在寺院里光着脚丫嬉戏玩耍，他们全然不知生命里还有一种叫烦恼的东西，在逐渐长大的思想里要挤占快乐的空间。好羡慕这份稚嫩可爱的无忧无虑，时光若可以不前，那将是多么美好的事情。不过，岁月无痕，即使看不清年轮在慢慢地往外晕染，该长大的总要长大，该失去的还要失去。如同这份童年的稚趣，终将从生命中抽离得无影无踪。

阴沉了一天的天空，突然间转晴了。潮湿的心似乎可以安放在这寂静的寺院里，随一曲《红尘隐》荡去阴郁，逐渐淡然静默。

弘法寺我来了三次，小沙弥是我第二次进入寺内认识的，因为他刚满十二岁，总是以一种母性情怀想着他。对其他的僧侣从未走近，毕竟我是红尘女子，怕有不敬之情。

也许是因为带着虔诚来到寺庙，师傅们用佛家慈悲的情怀关照了我们。恰逢释中峰法师从禅房走出，他那修行成佛的智慧与功德深深打动了我们，让我们进一步了解了弘法寺不仅仅是个慈悲为怀的寺庙。他用他宽阔的胸怀，超凡脱俗的才艺与智慧，弘扬佛法，积德行善，施贫济穷，服务教育，净化人心。让人们懂得"爱出者爱返，福往者福来"的因果轮回。

听释中峰法师讲佛家思想，顿悟自己不过是一粒尘埃，随着世间的风云变幻而起起落落，终有一天会带着我所经历过的一切，与那时光一同淹没在岁月的洪荒里。日子就这样安安静静地流逝着，我也在这繁华的尘世一天天地老去，任凭白云苍狗，世事无常，一切都不可挽留，却也风轻云淡，不悲不喜。

正如小禅所说，把自己活成一朵残荷，不为懂得，只为慈悲。当人生远离了那些浮华、喧嚣、热烈；远离了人群的热闹、名利、趋炎附势，人生是往回收的。收的姿势当然不会如盛开一样绚丽夺目。就像这荷，抽筋扒骨了，虽没有了灼灼夺人之姿，却有了硕硕风骨之态。

　　离开弘法寺，被法师的慈悲开示，也被小禅的境界感化，心如雨后初晴，很透亮。

故事最美弥陀山

遇见大美新荣，遇见了魅力郭家窑，遇见了神秘的弥陀山。

弥陀山不仅是一座山，它还是一部经典传说。童年时我听着弥陀山的故事，总想一睹山的芳容，最后还是因为交通不便，没有看到它。直到前年，同朋友一同登上了山顶。那一刻，站在宽阔平坦的山之巅，举目四望，满眼苍翠。童年时父亲讲给我关于弥陀山的那些故事，便浮现脑海。

弥陀山背依古长城，雄踞拒墙、拒门二堡之间。处晋蒙交通要塞，历来为塞外兵家争夺重地。

弥陀山山势平地拔起，山顶视野开阔，深受当地百姓的青睐，并赋予许多美妙而神奇的传说。

相传，有一本地人路逢连阴雨，在店内给"南蛮子"（南方人）讲弥陀山的故事，雨下了七七四十九天，他讲了七七四十九天，才讲到了半山腰水罗殿，可见该山传说之多。在弥陀山众多的传说中，最数弥陀山的形成为奇。

相传，混沌初开，天地一片汪洋，后经大禹治水，古生代进入泥盆纪，弥陀山一带为原始混浊的泥淖。一日，玉皇大帝与太上老君对弈，谈及下界，感慨荒芜而肮脏，说该派神仙下凡点缀点缀。玉皇大帝一时高兴就把这一重任交给了八洞神仙张果老。张果老领命之后，感到十分荣耀，忙驮了"风水"口袋下了凡界，遍游世界，点缀河山。这一差事使张果老兴奋不已，他倒骑神驴，边走边饮，一路下来，等点缀完西岳华山，急急驱赶神驴继续向北岳恒山奔来时，一葫芦仙酒早已下肚，晕晕乎乎，悠然自得，人随驴行，驴任己走，一时就绕错了道。当行至弥陀山处时，也不知何因，"风水"袋口被驴颠开了，一时"风水"撒了一地。张果老见状不敢怠慢，急忙跳下驴背用手捧装。也是忙中出乱，其他"风水"都收起来了，只把聚宝盆一个没注意埋在了土堆中。刹那间，沙粒变成了巨石，尘土凝结成崖邦，石依崖聚，崖凭石长，瞬间就猛长成山，穿云破雾，眨眼间离天就只有三尺三了。张果老一时没了主意，慌忙上天庭报告玉帝。玉帝一听也傻了眼，忙带众天臣到南天门观察，天庭一时乱作一团。天庭的混乱，惊动了西方观世音菩萨，她脚踩莲花祥云，及时赶到弥陀山上空。只见她站立云端，用手中的柳枝一指，便削去半座山尖，随后又念念有词，点石成庙，并将削下的半截山体化为自己的金身，稳稳坐在山巅之上，压住了山的长势。山由神驴驮来，故取名"驴驮山"。

张果老这一天也该出事，一个错走北疆，"风水"口袋沿路就被颠开六十三次，从弥陀山至恒山一路，就让张果老捧出大大小小六十三个土石山（墩），境内除了弥陀山，张果老还在今新荣镇总高墩村北捧出一个与弥陀山十分相像的小土墩来。山，被菩萨削低了许多，也被菩萨金身所镇不再长了，但由于聚宝盆还埋在山中，山上因此草木繁茂,浓荫匝地,清泉涓涓,干涸无比,风调雨顺,风水怡人。即使山顶种谷,也苗壮实硕,连年丰收,山的神奇与景致的优美,一时被传得很远很远。消息传到内蒙古大青山后,有一老一少两个和尚带着一条哈巴狗,慕名而来。他们见此山奇水幽,极目空灵,认为确是佛门弟子修行养性的最好去处,于是决定择山顶之庙定居,修炼真身。但是,山顶只有个观音殿,佛像不全,每日上香敬佛须到二十里外的拒墙堡南塘寺。从弥陀山到南塘寺,道路崎岖,十分艰难,爬山涉水走一趟,两和尚足得多半天,只累得腰酸腿痛,动弹不得。一日,两和尚又天不亮就起了床,正准备起程,忽见哈巴狗在庙外东南处拼命刨土,一边刨一边还不停地叫着,两和尚不知发生了什么事,决定看个究竟。不一会儿,只听小狗又叫了两声,两和尚定睛再看,晨曦中发现小狗面前刨开了一个黑幽幽的洞穴。再近前细看,洞穴口小内大,一直由山顶通向山底,冷风嗖嗖,深邃莫测。两和尚也顾不得"佛前一柱香"了,忙取火把,随狗钻入洞中。洞中一片漆黑,盘转曲折,蜿蜒而行,两和尚借助火光一前一后摸索前行,大约走了不足半个时辰的光景,眼前豁然一亮,出现了一个洞口,顺洞口钻出,已到南塘寺石佛莲花座下。两和尚欣慰之极,忙双手合十,一声"阿弥陀佛"早五体投地了。

  自从有了这条神道,两和尚每日起来先生火煮粥,待锅滚才慢慢入洞前去上香。说来也神,来回四十多里的路程,仅用煮一锅粥的时间,这可乐坏了这一老一少。 有年冬天,小和尚生病了,老和尚便带哈巴狗前去上香。返回途中,平地有一口沸腾的大油锅挡住了去路,淡蓝色的火焰突突乱跳。老和尚见状一愣神,不由自主地后退了一步。说时迟,那时快,就在老和尚迟疑之际,哈巴狗一跃超过主人跳入锅中,只见油锅冒起一股青烟,随即狗、锅都不见了,半空中飘浮起一团祥云,回荡起一阵欢快的狗叫声,一直向西而去了。老和尚直觉失去了一次成佛的机会，后悔不已。

自打哈巴狗修炼成佛之后，两和尚便无心再在山顶上修炼了，选来选去，近水而择，就选中了半山腰的一股清泉。但清泉旁并无庙宇，两和尚只好下山深入环山各村传道化缘，动员村民出人出力修建庙宇。村民们自然深知弥陀山的神奇，纷纷响应，有钱的出钱，有人的出人，羊馆既无钱也无人，就利用上山放羊的机会，将砖块等建筑材料用羊群驮上山腰。精诚所至，万众成城，不久，水罗殿就落成告捷了。水罗殿既成，离山下的村庄就近了许多，不少善心向佛的村民们也早早上山，跟着和尚诵咏"阿弥陀佛""阿弥陀佛"之声，整日在山间回荡，且"弥陀"与"驴驮"在当地口语中谐音，故此，驴驮山慢慢就被人们演变成了"弥陀山"。后来，随着年岁的增高，老和尚的体力也一天不及一天了，于是大家集资又从邻近村里给买了一头小毛驴，以帮助小和尚驮物耕种。有了这头小毛驴，小和尚就又多了一项割草的任务。

起初，小和尚每日下午出去割草，直到傍晚才回来，所割青草也只够小毛驴一天吃，小和尚整日忙得团团转。一天，下起了蒙蒙细雨，驴没喂的，只好牵出去小牧。小和尚转过水罗殿南墙，意外发现有一小洼地里长满了茂密的白草，小和尚喜出望外，忙把驴牵入草地。草又高又嫩，仅一袋烟功夫驴就吃了个满饱。第二天，小和尚再到这洼草地，草又是昨天那么高那么嫩，小和尚感到很惊奇，忙将此事告诉了老和尚，老和尚也莫名其妙，久思不得其解。从此，小和尚在太阳落山前才出去割草，到晚饭时分就将草割回来了。

第二年春天，老和尚认为这洼地很肥，就让小和尚试种谷子。谁知，早晨刚将谷种播入，傍晚就能收割了，师徒二人好不高兴。从此，他们早种晚收，再不用下山化缘了。久而久之，两和尚竟被这二分早种晚熟地惯得又懒又馋，最后就连这二分早种晚收地也不想经营了，两人商量来商量去，觉得这地奇怪，决定挖挖看有什么宝物没有。结果，这两和尚就真的从这地里挖出了个红瓦盆。两和尚也认不出这是宝物，就用这瓦盆盛了剩饭，结果第二天早晨不满一碗的剩饭就变成了满满一盆，两和尚惊诧不已，再将金谷小米抓一把放入盆中，次日便成了一盆小米，两和尚再将一枚铜钱放入盆中，次日便成了满满的一盆。两和尚想要什么变什么，再也不愁吃不愁穿了，过上了神仙都羡慕的日子，两和尚渐渐也懒得上香拜佛了。然而，好景不长，贪得无厌的小和尚，总想把聚宝盆据为己有。终于贪婪变成了邪念，邪念促使小和尚在一个漆黑的夜晚，把聚宝盆偷走了。老和尚发现聚宝盆与小和尚一起不在了，便知是小和尚所为，急忙骑驴追赶，追了百余里，一直追到了内蒙古凉城境内，东方渐渐发白了。小和尚见老和尚紧追不舍，情知抱着宝盆跑，两条腿无论如何是跑不过四条腿的，于是便趁天还没有完全大亮，将宝盆埋在了一棵芨芨草底下。企图以芨芨草作为标记，等老和尚走了再取宝盆。谁知，等第二天返回来找宝盆，眼前只有一大片芨芨林，葱茏起伏，一望无际，怎么也找不到了。消息传开，不少人千里迢迢来找宝盆，然而，满滩的芨芨草，到哪里去找呢？

至今，那里仍有个芨芨滩村，满滩茂密的芨芨草成为当地一大支柱产业。当地农民依托这一资源，做扫帚，做草编，发展造纸业。弥陀山自从丢了镇山之宝，渐渐地失去了"风水"，变成了荒山秃岭。两和尚也因丢了宝物，断了生活来源，丢下了孤伶伶的乱石山岗，自为苦行僧，远走他乡了。二十世纪八十年代初，党的十一届三中全会又为弥陀山送来了"聚宝盆"，郭家窑、堡子湾两乡人民在山上植树种草，改造大自然，万亩樟子松成为全省"三北"防护林样板工程，弥陀山又渐渐恢复了本来的面貌，并以崭新的姿态迎接八方来客。

山不在高有仙则名。弥陀山不高，张果老倒骑毛驴的醉意、聚宝盆的神奇等这些美丽的传说，让弥陀山披上了一层神秘的色彩。童年的那个旖旎的梦，一直都赋予了弥陀山万般神采。中年的时候真正遇见了弥陀山，那种神秘依旧在心里深藏着。

山的内涵不在于它的外部给予了我们多少，也不在于它内里包含着多少，而是在于它的性情、它的精神和它无论立足何处永远保持的那种持重、守望和凝重。山在虔诚面前滋长了灵性，而山的灵性又让虔诚更加旺盛。山造就了福祉，福祉把善良和慈悲传播。

每一座山都有它各自的风采。泰山有它的雄壮巍峨之美，华山有它的奇峰耸立之险……弥陀山有它的淳朴厚道热情之美。它从远古走来，养育了山下的祖祖辈辈，影响着一代又一代人。无论时光隧道如何穿越伸延，弥陀山依旧在我心里诚稳伟岸，亘古不变。

书评：爱的守望者

中美打电话，想让我校对一下她即将出版的第三本书《因为有你》。

接到此等重要任务，我起先受宠若惊，继而诚惶诚恐，能否为拜服的作家校对好文字，摸摸肚子，总感底气不足。

但随后却是长久的窃喜，能提前赏读中美的新作，犹如能受邀参加首映礼一样的自豪。

中美已经出了《因为懂你》《因为爱你》两本书，几年来笔耕不辍，在微博、微信、纸媒上，先后捧出了好几十万字。

我既未细致地读过她的书，平台上的文字看得也不多。

自喻菊粉，真是惭愧，自觉太懒，无脸解释。

和中美沟通时，她一再客气的话语中，满含谦意与不忍，抱拳握手的表情发了又发。

中美此请，我真认为她没给我添麻烦，倒

觉得是给我的"懒病"下了一剂"猛药",也真该治一下我对文字的懒惰了。

感谢中美强制我静下心来端详文字,好多年没有这种"心静"的感觉了。

一周时间,我除了必要的吃饭睡觉跑步,必需的工作外,其他时间全都沉醉在她的文字当中。

有时,我都忘了工作在身,拍拍脑袋,赶紧把思绪从她的美文中拉回来,告诉自己:你是校对文字的,不能光顾欣赏,不干活。

为了赶时间,我把校对过的文字,及时给她发过去,好让她花时间再斟酌一下。

我是从一个读者的角度去校对的,在保证让读者看懂的前提下,尽量不改变原有文字的叙述,多在错别字上下功夫。

尽管如此用心,自感或多或少还是歪曲了中美的写意,因为她的文字几近完美,真的无需再多校对。

我将第一次校对后的文字交给她的同时,还不好意思地告诉她:"我对标点符号不是很敏感,如果时间允许,我再找个人校对一下。"

两天后,她修改完,再次发给我,让找人再捋一捋。性情中人,真实自然,不像我似的啰哩啰嗦。

联系了几个人,不是没时间,就是没感觉。

我想他们说的都是实话,如今能静下心来读文的人很少了,写字的更是寥寥无几,枯燥的文字总不如快手、抖音上瘾。

再次拿起沉甸甸的文字,不由对作者李中美更多一份肃然起敬。

她可是一字一字地花时间写下,我们却没有了拾起它的耐心。对不起的可能不是作者以及她写就的文字,更多的是自己那颗荒芜许久的内心。

找不到合适的人校对，还不如自己再静心读一遍。营养大餐，百吃不厌。再读收获更多，意料之中的读后感，从心底升腾。字流笔端，无遮无掩。未得允许，望中美海涵。

李中美，笔名菊傲雪，大同本土作家，微信微博同搜。

见字如面，文如其人。中美是个感情浓厚，爱意泛滥的性情中人。她的情浓得像陈年的琼浆原液，挂杯难流，点滴即醉；她的爱像天空飘下的春雨，遍及广袤原野，能唤醒万物的新生。我常想，她的浓情，得用什么才能勾兑出她的广爱？

读罢《因为有你》，我认为只有她笔下的文字，才能化得开她胸中那浓烈的爱。

对父母的爱最直接的体现就是孝顺，孝为先，顺乃实。最难的就是"色难"。不给父母脸色，说起来容易，做起来难。

她在《莜面顿顿》和《香瓜》里写到了，在生活中做到了。

端详《父亲的身影》，她满怀敬仰如山；陪母亲聊天，她能察颜观色，猜出了《母亲的心事》，大笔一挥，《我的姥爷》浮现在眼前，满足了母亲的愿望。

《在时光中寻觅一段故事——芦家窑》很是让母亲在微信群里荣光了一段时间。她顺从着母亲的意愿，回到故乡，招摇过村，放肆地满足着母亲长久以来对故乡的眷恋，以及在乡亲们面前自豪的笑容。

她搜寻着《童年证据》，与父母一起回忆着在矿上和村里的生活片断。

想回忆、爱回忆的人是重感情的人，有的人可能在父母过世时，或去逝多年，也许更久，才有回忆浮现。

父母健在，能泛起如此浓烈的回忆，必为大爱之人，大孝之子。

古人云：树欲静而风不止，子欲养而亲不待。

回忆也要趁早，向中美学习，不要让父母最后只留在你的回忆里，让他们现在就随着你，一起回忆共同经历过的岁月。

中美的爱人，为人朴实，待人真诚。在他面前，无需做作。他似众人的大哥，将家里老老少少，照顾得周周到到，侄男外女，同学朋友，无不对他交口称赞，有口皆碑。

非常遗憾，中美没有在书中为他成文。但字里行间，话里话外，都流露出对爱人深沉的爱。

她靠实爱人，爱人就是她的助理，每次端出文字大餐前，都是爱人校对把关。

中美在文中，在话中，在一切的表达中，只称伴侣为爱人，毫不避讳，毫无扭捏。不似有的女人叫"我们家那货"那样随便，或叫"老公"那样狎昵。

爱之深，爱之切，才想称爱人。她们互相尊重，互相映衬，已入天命，感情没有全变成亲情，令人敬仰，让人羡慕。

从《印象曹老》到《看见美好的过往》，我不仅读出了小辈对长辈的敬重之爱，更读出了父女情，忘年交，满满的回报之爱。

曹老算是中美的知音，三次为中美的书写序。中美感怀知遇之恩，不仅抽出时间送曹老回老家下马峪探亲，还召集众人陪曹老去野外村落钓鱼，野餐，吹拉弹唱，无不欣赏，让曹老又重回年轻。

中美将曹老比同父亲，曹老称中美为女孩。忘年之交，不是父女，胜似父女。

她写曹老，第一段就突出曹老很年轻，最后一段还是强调曹老正年轻。第一次校对时，我有些不理解，总觉得有些文不切题。

曹老，共和国的同龄人。称奔七的老人年轻，多少有些轻浅。

二次校对时，我发现她还是未舍第一段，恍然间我明白了她的真心。她就是这样一个人，执拗地希望着父亲和曹老，以及她所有爱的人永远年轻。

259

我感动于中美对陌生人善良的爱，来自于《还钱》和《笛声》。我相信这是真事，不是她瞎编出来的。

她就是这样的人，见不得别人有困难，不说还好，一说总是稀里哗啦，把兜掏个精光。更见不得别人难受，别人难受，她就会陪着掉眼泪。她直怕亏欠了别人，总恨帮助别人的机会太少。

中美对万物的爱，更是广博。

她爱狗成瘾，爱花成《缘》。周末在世，每天定时陪狗溜弯，为爱犬洗澡、穿衣，还写文传情。周末横遭不幸，连发两篇悼文怀念，祈祷爱狗《轮回》，狗比人的待遇都高，获此殊荣，当这样的狗也是三生有幸。

她大爱无边，悲悯万物，读《我养的小耗子》，你能感觉到一颗善良的心是如此柔软，不忍耻笑。

猛一上眼《彩霞出嫁》，真以为是一场婚礼大典，细读才知被蒙。一个骚了吧唧的鹦鹉，竟也被她写的爱意漾漾，真服了她了。

这几年，中美去了不少地方，纵情山水，意气风发，抱着感激之爱，及时将山水之美呈现给我们。

再读《青海湖听雨》《光阴中诉说思念——塔尔寺》《梦中的诗与远方——茶卡盐湖》，我只想说："能看见美，必有谦卑于自然之心，能欣赏了美，心境也如无边天际般辽阔。能表达了美，胸装何止万千笔墨，早已横溢于青海湖之外，在高原肆意流淌。能让我们读到美，不差图美与字灵，最谢她那颗按捺不住喷薄的心。

不虚西北之行，不负山水之美。

大美，中美。

中美在《闲聊文字与读书》时说，自己对文字很敏感，我觉得不止敏感，她对文字有痴迷的爱。

我感觉她脑子里文字太多，这可能来自于她日常的海量阅读。

她灵感的旗帜一挥，情感的战鼓一擂，文字如千军万马，如决堤的涛浪，冲出围坝，形成排山倒海之势。只恨出口太小，一下子倾泄不到纸面上。

我能想象，她为了把文字赶快倒出来，会一天坐在电脑前，不吃不喝，不休不眠。

中美的华丽文字既出现在《风花秋月》章节，也跃然于《旅途随笔》中的篇篇美文，细品《亲情你我》《流年追忆》里的文字，你又会觉得有些文字朴实得掉渣儿。

她的文字分门别类，在脑海存放。用之信手拈来，随意摆放拾掇。

她最识文字的灵性，最与文字心心相通，给文字恰当的位置，合适的表演，常常与文字不分你我，忘乎所以。

她说："我觉得我手下的那些字由我把控着，组成的人物也都是由我把控着，它们的笑声与泪水也是由我支配，我想把它们塑造成一个什么玩意儿，那它给人的感觉就是什么样儿。"听着虽然虐心，但很是让文字过瘾。

我在校对中，也学到了许多好词新句。如"灰度"，发未灰度，人已灰度，让人不由慨叹，岁月无痕，纤毫毕现，人之永存，爱亦永恒。

中美几乎把家乡所有有着渊源的、深厚的文化历史景观，都走了个遍。只要是她走过的地方，就是春暖花开，一片生机。

感知《来自八台子的召唤》，听它诉说曾有的辉煌；去到《故事最美弥陀山》，寻找真正的聚宝盆；在《慧泉禅寺》暂且淡忘城市的烟火嘈杂，静静守候一段古刹的香烟缭绕；在《弘法寺遇见小沙弥》，一切的私心杂念涤荡得无影亦无踪；穿过最美乡村公路，在《守住时光的宁静寺》慨叹白榆的死而复生；在《沧桑的助马堡》一睹最老杏树绽放的最美容颜，仰目那棵五百年杨树的苍劲挺拔。

她用不知疲倦的笔和压抑不住的激情，不遗余力地奔走在家乡广袤的大地上,去宣传家乡的人和事。

她为人民记录下邓书记一天忙碌的足迹;她让人们知道了乡村最美教师——李海波和范红梅夫妇;她为青泽夜以继日的王校长和孜孜不倦的教师们点赞;她捐助失学儿童,救助孤寡老人,她的善行义举却从未在她的书中流露。

她把对家乡奉献之爱,感激之情融于笔端,狂泄于纸上。

能给家乡带来变化,能为家乡人民带来感悟,是她此生最大的喜乐。

中美的《这条路不白走》,她用文字虔诚地守望着爱,爱也必将长长久久,历久弥新。

《因为有你》,菊傲雪,生活才有了诗和远方。

董 建
2018年6月16日

后记

生命中太多的感恩
让我的世界明媚如春
生命中太多的遇见
让我心怀感动
感谢有你

当我捧着《因为懂你》和《因为爱你》这两本书的时候，远没有把稿件送到出版社时激动。

2016年的冬月，在瑟瑟寒风中我怀揣梦想，独自背着一沓子用A4纸打印出来的书稿，来到北京中国文联出版社。在二哥的帮助下，认识了斐。斐是北师大的博士，淳朴亲和，温文尔雅。原以为出版人高高在上，高深莫测，会对我的书稿嗤之以鼻。没想到的是，斐热情地接待了我，她说话的时候轻轻的慢慢的。见面之后，让我心中的忐忑不安顿时消除。

斐看过我的电子版书稿之后，微笑着回报了我一个肯定。这个肯定，让我更加坚定了自己的方向；更加坚定了我的写作信念。写作虽然是件很枯燥乏味的事情，但是，一旦坚定了方向，那必然是件很快乐的事情。

北京的冬天雾霾笼罩，但是从出版社出来的时候，我还是感受到了阳光的温暖，浓浓的暖意在心中驻留了很久。那个时候，一心想着就是早点儿看到我的第一本书面世。

后来，因为出版社严格标准，书稿暂且过不了文字审核这关。那个阶段，每一次校对书稿，都是对我自己的一次考验。以至于到后来，我看到《因为懂你》里的文字，居然越来越不满意，甚至有了要放弃发表的想法。但是，转念一想，这一路走来，那么多人支持我，那么多人为我的文字斟酌、校对，岂能辜负母亲一次次的期盼，父亲一次次的鼓励，爱人无怨无悔的付出与支持。在做完第七次校对之后，心里还是忐忑不安，想着这次如果还是通过不了，那真是应该放弃了吧。

事情总是那样，当你灰心丧气的时候，总会出现峰回路转柳暗花明的喜乐。出版社打来电话说是通过了审核，已经准备印刷。

当拿到这本书的时候，看到精致精美的编辑与印刷，对于之前出版社的严格要求，除了感谢，什么埋怨都没有了。

拿到《因为懂你》这本书，我第一个电话打给二哥，告诉他书出版了，敬请放心。二哥当时不在北京，通过电话我能感受到他与我一样的高兴。是二哥让我整理出书稿，准备出版，又是他一次次与出版社沟通。人生中最幸运的是遇到一个给你指路的人，告诉你应该如何去走。二哥就是这样的一个人，他让我明白了自己要走的方向。

翻开书，曹乃谦老师的序言跃然眼前，这个序谁看过之后，都会透过文字，看到一个善良美丽有爱心的吴丽。吴丽是我老弟的朋友,听说我要出书,主动把写序这档子事儿给揽下了。之后,她给曹乃谦老师的邮箱里发了封电子邮件。当时,曹老师正在赶一个稿子,没有时间,但看到邮件之后,还是被吴丽感动了。是吴姐的人格魅力成全了《因为懂你》这本书的序言。

再有,就是在我身边那些为这本书不断校对的朋友。

这本书一共校对了七次,我自己过了两次,爱人过了两次,朋友们给看了三次。最终校对工作是由栗子和武美莲两人夜战好几天完成。武美莲是我的同事,她是位干什么事情都极其认真的女人,在此我深表感谢。栗子是我微信平台的一位忠实读者,她在留言中要求做我书稿的校对工作。我和她见面的时候,她正在一家书法室练习书法。栗子五十多岁,我们坦诚相见,她谦卑的姿态让我们之间的距离一下子就拉近了许多。见面之后我就放心了,我相信她能帮我把书稿校对好。还有就是杨老师,她也是我微信平台的读者,那时候她正好感冒,在医院里打点滴,但是,她还是认真高效地把完成了书稿校对。再有,就是我的好几个同事朋友,她们在前期校

对中倾注了大量的心血。所以说这本书的出版，并不是我一个人在努力，是一群人在身后帮忙，在鼎力相助。

在准备《因为爱你》书稿的时候，我提前和爱人校对了两次，朋友们给校对了五次。期间，栗子校对了两次，她在第二次详细校对完之后说："中美，校对时我感觉就像是听你倾诉，每一个字，每一句话，每一篇文，都跳跃着一种亲切的问候，字里行间都是你的影子。"我说："字里行间都留下了您的热情，是您一字一句地校对着，一词一段地斟酌着，才成就了我的今天。"

《因为爱你》传来的好消息是，一次性审核通过。我接到消息之后，第一个打电话告诉栗子，在电话那头，我听到了她颤抖的声音。是激动，我知道，她和我一样，一样的心情，一样地期盼着。其次，我告诉了几个要好的朋友，让他们也提前为我高兴高兴。

生命中总是有一些人让我感动得无法抽离，无法忘怀，当然，主宰命运的始终是我自己。但是，当我划船的时候，那些帮我喊号子的人，我不会忘记，也不能忘记！是他们给了我不断向前走的勇气和力量，是他们让我看到了爱原来就在身边围绕。

在编辑《因为爱你》和《因为有你》这两本书的时候，期间，我把家乡的一些有着渊源的、深厚的文化历史景观，都走了几次。倾听老乡的讲述，查寻地方志的记载，用心把这些历史景观用文字记载下来。这是我眼中的家乡美景，是我用脚步丈量过的地方，是我用视角看到过的地方，是我用文字描摹过的地方。

碧波荡漾这位老弟在我的微信里留言说：

"每次回到家乡这片土地上，感觉中除了荒芜，便是这无奈连绵的山丘了。自从读了李姐的文章之后，我对新荣的认识真可谓天壤之别。"

"她用优美飘逸的文字，把我的视线引导着：从神奇的八台子到有着诗与远方的茶卡盐湖，从遥远闻名的塔尔寺到拥有精彩传说的弥陀山，从有仙风道骨的红石崖到满是历史印痕的沧桑古堡。一路走过，山还是那座山，河还是那条河，不变的主题下，却拥有了一个富含历史情感的导师。"

"慢慢走进李姐的作品，就像在品一坛陈年的老酒。她的作品之所以引人入胜，我觉得，这和她对文学的强烈爱好是分不开的，我有时在品味间，总会有身临其境之感。我想她在写的时候也一定会忘了自己。"

"在这个物欲横流的年代，还能如此执着地坚守在文学这片热土上，真是令人敬佩。只要是她走过的地方，那里就会春暖花开，一片生机。品读她的作品，那绝对是一场心灵的洗礼。字里行间洒下的都是真诚和柔美。穿行于她的思想之中，那将会是你一生的荣耀，因为她始终都会站在圣洁的潮头，如一盏不知疲惫的灯塔，执着地为你前行指路引航。逐渐走进李姐的文字，心情也随着文字的起伏而波涛汹涌。她的文字是感情的圣宴。认识李姐是人生中最大幸福，心随着她有时到了诗一样的远方，有时去了古色古香的旧时代，也有时去了庄严圣洁的朝圣路上。她的写作激情澎湃，像浪花一样点缀着我的世界。她的梦想五光十色，像雪花一样，晶莹着无数文学爱好者的天空。"

看到他的留言之后，我欣慰也欣喜。能给家乡人民带来这样的感悟，实在是此生的喜乐。

《因为懂你》《因为爱你》《因为有你》我自己称之为《因为三部曲》，也是我半世烟火人生的缩影。有感情，有生活，有苦有乐，五味杂陈酸甜苦辣咸都记载在里面了。

　　在此后的流年里，还要出一些更为经典的散文，但是，眼下不准备发行散文集了。在油盐酱醋锅碗瓢盆交响中，散文还是会作为记录生活的一种方式，填充着寂寞的时光。之后将把大量的精力放在写小说上。我要用我的心去写那些农民工兄弟，写乡村里的美好爱情，写淤泥河边的故事。好多要写的素材等着我去润笔。我要让他们在我的笔下，走进更多人们的视野。

　　因为有你，我便有了梦想，我才得以走得这么远，这么久。才能在时间的纵轴上丰富多彩，在迢遥的路途上厚重安然。感谢有你，感谢一切的遇见！

2018 年 6 月 28 日